나의 세계는

늘리혜 장편소설

나의 세계는

늘움

차례

일러두기

이 이야기는 늘리혜의 /일곱 색깔 나라와 꿈/ 판타지 세계관을 공유하며 /일곱 색깔 나라와 꿈/ 프로젝트의 네번째 이야기임을 밝힙니다. 세계관을 알지 못해도 내용 이해에는 무관하오나 이전 이야기를 먼저 읽고 보시면 더욱 즐거운 감상을 하실 수 있습니다:)

프롤로그.
손길만큼의 우주가 있어서

prologue

눈길만큼의 우주가 있어서
그 속에 날 멍들게 하는
아픈 우주가 있을 거야

어떤 시간을 보내온 걸까
어떤 세월을 흘러낸 걸까
나는 그들에게 어떤 아픔일까

이제껏 버텨온 건
아픔이 되지 않기 위해

손길만큼의 우주가 있어서
그 속에 날 일으켜 주는
다정한 우주가 있을 거야

어떤 추억을 쌓아온 걸까
어떤 마음을 다져온 걸까
나는 그들에게 어떤 위로일까

이제껏 살아온 건
다정한 손을 건네기 위해

1장.
검푸른 게자리 세계는

0

늘 꾸는 꿈이 있다.

꿈속에 들어오면 누군가 설명해 주지 않아도 주변 상황을, 심지어 진리라 말할 수 있는 세계의 비밀을 자연스럽게 깨닫는다.

이 세계에는 일곱 색깔 나라가 있다.

피의 빨강나라, 축제의 주홍나라, 희망의 노랑나라, 자연의 파랑나라, 신의 보라나라, 눈의 하얀나라, 어둠의 검은나라. 각 나라는 서로 다른 차원에 있어 현실에서는 이어지지 못한다. 오직 꿈에서만 서로 다른 색깔의 나라 사람과 만날 수도, 서로 영향을 주고받을 수도 있다.

주변을 둘러본다. 어디가 위이고 아래인지 알 수 없이 묘하게 왜곡된 감각. 눈앞에 끝없이 펼쳐진 거대한 해바라기밭. 현실적인 바람이 없는 곳이지만 주변에 가득한 해바라기들이 고개를 평화롭게 주억거린다.

사람 키보다 훨씬 큰 해바라기 사이로 가만히 걷다 보면 어디에

선가 노랫소리가 들린다. 이따금 들리는 쇳소리가 가슴을 울린다.

홀린 듯 노랫소리를 따라간다. 소리가 조금씩 커지며 심장을 움켜쥔다. 멜로디가 피부에 스미며 음률 속에 담긴 감정이 몸속에 파고든다.

시야를 막는 거대한 잎사귀를 손등으로 치운다. 모래색의 얇고 하늘거리는 천을 두른 한 소녀가 나타난다. 아니, 나이를 알 수 없는 묘령의 여인이 내 존재를 눈치채지 못한 듯 홀로 가만히 노래를 부른다. 허리까지 길게 내려온 해바라기 빛 풍성한 머리칼이 움직이는 몸을 따라 살포시 흔들린다.

묘령의 여인을 부르려고 손을 들어 올린다. 그 순간 뺨에 무언가가 툭 떨어지더니 볼을 타고 꼬리를 남기며 흐른다. 고개를 들어 위를 올려다본다. 무언가가 내리고 있다.

비? 아니, 이건…….

눈부시게 노랗던 주변이 붉게 물든다. 갑작스러운 변화에 당황한다.

갑자기 여인이 달리기 시작한다. 상황을 제대로 인지하기도 전에 발이 먼저 움직여 여인을 뒤좇는다. 여인의 마음이 전해지기라도 하듯 간절한 마음으로 함께 달린다.

분주히 움직이던 여인의 발걸음이 멈춘다. 여인의 시선 끝에 누군가가 서 있다. 돌아선 남자를 보자마자 숨이 턱 막힌다.

여인이 천천히 그의 등 뒤로 다가간다.

이 피의 비는 너무 구슬퍼.

여인의 말에 크고 넓은 등이 천천히 돌아본다. 낡고 해진 검붉은
로브 후드 아래로 매섭도록 검붉은 눈동자가 일렁인다.

1

"민아영, 일어나."

아빠의 단호한 음성에 아영이 눈을 떴다. 눈가에 촉촉한 감촉이 느껴져 손으로 훔쳐보니 눈물이었다. 아영이 잠이 덜 깬 얼굴로 검지에 묻은 눈물을 가만히 내려다보았다.

아빠의 넓은 등 뒤로 체구가 작은 엄마가 불쑥 튀어나왔다. 길고 검푸른 머리칼이 움직일 때마다 부드럽게 살랑였다.

"무슨 일이야? 왜 울어, 아영? 무서운 꿈이라도 꾼 거야?"

아영이 잠깐 고민하다가 고개를 가로저었다. 무슨 꿈이었는지 기억나지 않지만 무서운 꿈은 아니었다. 아니, 오히려…….

황급히 제 가슴을 쓸었다. 내용은 기억나지 않지만 아팠던 감정만은 또렷하게 남아 있었다. 감정마저 떠나보낼 수 없다는 듯 아영이 심장을 지그시 눌렀다.

"민아영, 서둘러 준비 안 하면 지각이야."

"당신이 할 말은 아닌 것 같은데?"

"지각한 적 한 번도 없다니까?"

"저엉말? 난 왜 등굣길에서 당신을 한 번도 못 봤을까?"

아영의 눈이 가늘게 늘어졌다. 아침부터 꽁냥거리는 부모를 보는
건 익숙했다. 아영이 절레절레 고개를 흔들었다. 그것과 달리 입술
이 부드럽게 휘었다. 조용히 침대에서 몸을 일으켜 제 방이지만 조
심히 빠져나왔다.

씻고 돌아온 아영이 교복으로 갈아입었다. 초록색 원피스형 교복
이 아영이에게 잘 어울렸다. 이따금 유난히 새까만 머리칼 아래로
흐르는 물방울이 어깨끈을 적셨다.

아영은 엄마가 고등학생 때 입은 것과 같은 교복을 입는다는 사
실이 퍽 마음에 들었다. 벌써 이 교복을 입은 지 일 년이 되어간다
는 사실에 새삼 감격했다.

"다녀오겠습니다."

"잠깐 기다려, 아영!"

서둘러 집을 나서려는 엄마가 아영을 다급히 붙잡았다. 아침은 챙
겨 먹어야 한다는 지론 때문이었다. 잠깐 고민하던 아영이 엄마가
챙겨주는 주먹밥을 손에 쥐고 집을 나섰다.

달리며 힘들게 주먹밥을 먹었다. 놀이터를 빠르게 지나치며 아영
이 목이 막히는지 가슴을 툭툭 쳤다.

사거리 모퉁이에 제법 큰 꽃집이 보였다. 시간이 일러 오픈하기
전이었다. 유리창 너머로 보이는 다채로운 꽃들이 아름다웠다. 그
가운데 꼭 해바라기를 닮은 꽃이 아영의 시선을 사로잡았다.

"앗, 잠깐만!"

꽃을 멍하니 바라보다가 건널 타이밍을 놓칠 뻔하였다. 신호등 경고음에 아영이 정신을 차렸다. 남은 주먹밥을 입에 털어 놓고 냉큼 횡단보도 건너편으로 달렸다.

아영의 시선이 점차 뒤로 향했다. 아영의 시선 끝에서 폐지를 잔뜩 실은 리어카를 힘겹게 끌고 있는 할머니가 맺혔다. 할머니는 곧 파란불이 꺼질 참인데도 건널목 한가운데를 건너고 있었다.

"……좋아."

아영이 할머니에게 달려갔다. 재촉하는 신호등 경고음에 가슴을 졸이며 리어카를 뒤에서 힘차게 밀었다.

다행히 제 신호에 길을 건넜다. 인도 위로 간신히 올라선 아영이 안도의 한숨을 내쉬었다.

"할머니, 조심히 가세요."

"고마워요, 학생."

"아니에요. 할머니, 건강하세요."

아영이 할머니에게 꾸벅 인사하고는 등교를 서둘렀다.

누군가의 미소는 아영이에게 큰 힘이 되었다. 저도 모르게 콧노래가 흘러나왔다. 시간을 확인했다. 깜짝 놀라며 걸음을 재촉했다.

가쁜 숨을 몰아쉬며 아영이 교실 문을 열었다. 한해의 마지막 시험을 막 끝내고 크리스마스와 겨울방학을 기다리고 있는 교실은 코끝이 시린 바깥과 달리 들뜬 공기로 후끈했다.

창가 쪽에 앉아 있던 단짝 세라가 아영을 발견하고 예쁜 눈동자를 반짝였다.

"왜 이제 와? 평소보다도 늦었잖아."

"지각 아니지?"

"아슬아슬하게. 뭐, 요즘 같은 때 지각하면 또 어때?"

"아빠도 학창 시절에 지각 한 번 안 했다고 했단 말이야."

"그게 무슨 상관이야?"

아영이 세라 옆자리에 앉으며 숨을 골랐다. 아직 가쁜 숨이 채 가라앉기도 전에 세라가 아영에게 일상적인 말을 일방적으로 쏟아냈다. 아영의 얼굴에는 싫거나 불편한 기색이 조금도 보이지 않았다. 오히려 기쁜 듯 세라의 말이 끊기지 않도록 적절한 반응을 보이며 자신의 이야기를 곁들였다.

세라의 입가에 미소가 가득했다. 예쁜 눈동자를 지녔지만 어딘가 조금 차가운 인상이던 세라의 얼굴이 한순간에 부드러워졌다.

"안녕. 아영아, 세라야? 나 고민이 있는데 내 말 좀 들어줄래?"

나희가 두 사람에게 다가왔다. 아영이 세라를 돌아보았다. 세라가 싱긋 웃으며 고개를 끄덕였다. 나희가 활짝 웃으며 아영이 앞자리에 냉큼 앉았다.

"무슨 일인데?"

조심스러운 말투로 아영이 물었다. 나희가 아영을 바라보며 거침

없이 말을 내뱉었다.

"사실 내가 좋아하는 애가 있거든. 꽤 오래 좋아했어. 그냥 바라보기만 하는 존재였는데 최근 적극적으로 어필했더니 그 애가 날 바라보는 눈빛이 변한 거야. 얼굴을 붉히기도 하면서 말이야. 그게 어찌나 귀엽던지! 그래서 말인데 이번 크리스마스 때 고백하려고 하는데. 네가 생각하기에 어때, 아영아? 성공할 수 있을까?"

"뭐? 고백?"

옆에서 같이 듣고 있던 세라가 비명을 질렀다. 그 소리에 교실이 조용해졌다.

아영이도 당황했다. 조금도 예상하지 못한 상담 내용에 무슨 대답을 해줘야 할지 몰라 당혹스러웠다. 아영은 그런 쪽으로는 젬병이었다. 아영이 나희를 돌아보았다. 나희는 기대와 걱정과 근심과 설렘이 뒤죽박죽 뒤섞인 표정으로 아영을 직시하고 있었다.

아영이 마른침을 꿀꺽 삼켰다. 반짝이는 나희의 눈동자가 곧았다. 나희는 이미 듣고 싶은 대답이 확실하게 정해져 있었다. 아영은 도저히 그 말을 하지 않을 수 없었다.

"으응. 나희, 너라면 괜찮을 거야. 응원할게!"

"정말? 아영이 믿고 나 해 볼게, 고백! 와, 용기가 치솟는다. 이야기 들어줘서 고마워!"

나희가 반색하며 자기 자리로 돌아갔다. 순식간에 아이들이 나희 주변으로 몰려들었다.

몇 명은 비명을 질러댔고 대부분은 나희에게 연신 응원과 격려를 보냈다. 어떤 아이는 자기가 금방 고백을 받은 것처럼 얼굴을 붉혔다. 교실이 겨울이란 생각이 들지 않을 정도로 후끈했다.

세라가 아영의 어깨를 연신 두드리며 호들갑을 떨었다. 고백이라니, 쟤 용기 있다. 그렇게 안 봤는데. 이제 겨우 가라앉았다고 생각한 심장이 다시 두근거리기 시작했다.

고백이라.

아영이 작게 되뇌었다. 주변을 둘러보았다. 나희 중심으로 설렘이란 밝은 빛이 교실 전체에 퍼져 눈부시게 반짝였다. 이 찬란함은 이 시기에만 낼 수 있는 벅찬 빛이었다.

옆을 돌아보았다. 세라도 설렘으로 잔뜩 상기된 얼굴이 평소에도 예뻤지만 더욱 사랑스러웠다.

소란에 선생님이 교실을 찾았다. 문을 열자마자 아이들이 내뿜은 열기에 당황했지만 곧 정신 차리고 앞쪽 게시판을 주먹으로 탕탕 쳤다. 그 소리에 아이들이 말을 멈추었다.

"왜 이래, 이 녀석들? 너희들 떠드는 소리가 저 복도 끝에 있는 교무실까지 다 들린다!"

"쌤, 있잖아요. 나희가요. 이번 크리스마스 때…….”

잔뜩 흥분한 채 선생님께 고자질하려는 한 아이의 입을 나희가 틀어막았다. 다시 잠깐의 소란이 일었지만 선생님이 눈총을 주자 금방 가라앉았다. 선생님이 입술에 검지를 갖다 대었다. 잠잠해진 교실을 둘러보았다. 이제 되었다고 생각한 듯 돌아가려다가 되돌아왔다. 선생님은 한 번 더 주의를 준 다음에야 완전히 떠났다.

아이들이 재미있는 놀이라도 한 듯 키득키득하는 얼굴에 짓궂은 미소가 번졌다. 다시 '고백'이라는 단어들이 여기저기에서 튀어 오르며 반짝였다.

아영이 그 모든 상황을 맨 뒷자리에서 가만히 지켜보았다. 아영의 얼굴에 미소가 번졌다. 그 미소가 나이에 맞지 않게 깊었다. 꼭 이제 자신은 갖지 못할 예쁘고 소중한 보물을 지닌 누군가를 한 걸음 뒤에서 바라보는 듯한, 조금은 그립고 쓸쓸한 표정이었다.

아영과 세라가 학교를 나서며 서둘렀다. 세라가 자기보다 한뼘은 작은 아영의 팔짱을 끼고서 연신 하얀 입김을 뿜어댔다. 아침부터 상기된 세라의 두 뺨이 여전히 반짝였다.

아영의 시선이 점차 뒤로 향했다. 그것도 모자라 세라를 멈춰 세웠다.

"잠깐만, 세라야."

아영이 세라에게서 잠시 벗어나 한 곳으로 달렸다. 아영의 발끝에 모르는 중년 남성이 주변을 두리번거리고 있었다. 아영이 중년 남성에게 말을 걸었다. 곧 어딘가를 손끝으로 가리키며 길을 알려 주었다. 중년 남성이 고맙다 인사하고 아영이 가리킨 방향으로 향했다.

세라 곁으로 돌아온 아영의 발걸음이 가벼웠다. 세라가 한숨을 푹 내쉬었다.

"너도 정말 못 말린다."

"엄청 곤란해 보였단 말이야."

"그래, 그래. 빨리 가자. 방 다 차버리겠어."

세라가 아영의 팔을 붙잡고 다시 성큼성큼 걸었다. 아영은 세라의 길쭉한 발걸음이 조금 버거웠지만 티 하나 내지 않고 세라의 재촉을 받아들였다.

두 사람의 목적지였던 코인노래방에 도착했다. 다행히 빈 방이 딱 하나 남아 있었다. 냉큼 들어가 자리를 차지했다.

먼저 세라가 노래를 불렀다. 잘 부른다고 할 수는 없지만 못 들어 줄 수준도 아니었다. 외모와 달리 정직한 음정으로 열심히 부르는 세라를 아영이 최선을 다해 응원하고 호응했다.

다음 노래의 전주가 흐르고 아영이 비장하게 마이크를 집어 들었다. 긴장한 얼굴로 전주를 듣고 있는 아영이보다 세라의 얼굴이 더 굳었다.

노래가 시작되고 아영의 엄청난 노랫소리가 작은 방을 가득 메웠다. 들쭉날쭉한 음정을 아무리 들어도 익숙해지지 않는다는 듯 세라가 한 곡만에 지쳐버렸다.

"세라야, 이제 네 차례야."

"네 노래는 언제 들어도 엄청나."

테이블에 쓰러진 세라에게 아영이 후련한 얼굴로 마이크를 건넸다. 벌써 다음 곡이 시작되었지만 세라가 마이크를 내려놓았다. 세라가 아영에게 한 뼘 다가갔다. 세라의 얼굴이 사뭇 진지했다.

"노래는 됐어. 긴장 풀려고 부른 거니까. 사실 이 말을 하고 싶어서 여기 오자고 한 거야."

"뭔데? 비밀 이야기야?"

중요한 이야기가 시작된다는 것을 느끼고 아영의 눈동자가 반짝였다. 아영은 세상 모든 비밀 이야기를 좋아했다.

"오늘 아침에 나희가 고백하겠다고 했잖아."

"응, 맞아. 난리도 아니었지."

"고백이라면 역시 그 아이한테 하려는 거겠지?"

"나희가 누구한테 고백하려는지 알아?"

세라가 잠깐 한심한 표정으로 아영을 돌아보았다.

"틈만 나면 옆반에 가서 부르곤 하잖아. 걔가 배구부인데 몸에 좋다는 건 죄다 갖다 바친다더라. 다들 모르는 척하지만 모르는 사람이 없을걸? 그 애도 나희가 자기 좋아하는 줄 알 거야. 모를 수가 없어."

"그 정도야? 나희가 사랑 표현에 엄청 적극적이구나."

"넌 다른 부분은 엄청 섬세하면서 그런 면에서는 완전 둔하더라?"

"아, 하하. 그런가?"

세라가 갑자기 생각났다는 듯 다급히 아영을 돌아보았다.

"아영아, 진짜 청소 당번 바꿔주는 것 좀 그만하면 안 돼?"

"너 기다리는 동안 할 일이 없을 때만 바꿔주는 건데? 서로 좋은 일인데 왜 그만해? 나도 안 심심하고 그 아이도 곤란한 일 해결됐으니까 서로 좋은 거잖아."

"그게 문제가 아니야. 자꾸 애들이 널 만만하게 생각하고 이용하려고 하니까 그렇지."

"그 말 하려고 여기 오자고 한 거야? 나 걱정해 주는 건 고마운데 난 정말 괜찮……."

"아니야! 훨씬 더 중요한 일이야. 아영아, 나도 결심했어. 너한테 고백할 게 있어."

아영을 바라보는 세라의 눈동자가 긴장으로 잘게 떨렸다. 아영이 세라의 손을 꼭 잡았다. 수용할 수 있는 범위 안이라면 어떤 고백이든 모두 받아줄 각오가 되어 있었다.

"사실 얼마 전에 엄청 근사한 꿈을 꿨어."

세라의 말에 어젯밤 꾼 꿈이 떠올랐다. 비릿한 피 냄새가 되살아났다. 노랫소리도 언뜻 들렸다.

"그 사람과 내가 같은 우산 속에 나란히 서 있었어. 얼마나 행복하던지. 이건 분명 예지몽이야!"

세라가 얼굴을 아영의 눈앞까지 바투 기울였다. 커다란 눈동자가 기대감에 연신 일렁였다. 그제야 아영이 현실로 돌아와 세라에게 집중했다.

"어떤 고백이라도 받아줄 거지? 넌 내 친구니까. 그냥 친구도 아냐. 가장 친한 단짝이잖아."

아영이 온화한 미소를 지으며 고개를 끄덕였다. 빤히 바라보던 세라가 결심한 듯 시원스러운 입술을 수줍게 벌렸다.

"나 건우 선배가 좋아."

"어?"

아영의 입술이 저도 모르게 벌어졌다. 표정도 잔뜩 굳었다. 그런 아영의 상황을 조금도 살피지 않고 세라가 질문을 퍼부었다.

"아영아, 넌 건우 선배와 함께 보낸 세월이 길잖아. 그래서 그러는데 건우 선배는 뭘 좋아해? 달리기 말고 다른 운동도 다 잘해? 음식은 뭐 좋아해? 좋아하는 색이나 선호하는 음악이랑 영화장르는 어떻게 돼? 아니, 사실 이걸 묻고 싶은 건데. 건우 선배 이상형은 어떻게 돼? 어떤 여자가 취향이야? 혹시 너도 건우 선배 좋아해?"

아영이 질문마다 답할 대답을 정리했다. 그러다 마지막 질문에 깜짝 놀라 머릿속으로 떠올리던 것을 완전히 잊고 서둘러 답했다.

"어? 조, 좋아하지. 어릴 때부터 친한 오빤데."

"사귀고 싶어? 너도 막 두근거리고 그래?"

"어? 아, 아니! 그럴 리가 없잖아!"

아영이 손을 저으며 한사코 부정했다. 과한 부정에 세라가 잠깐 움찔했다. 세라가 아영을 돌아보았다. 결의에 찬 표정으로 아영의 두 손을 덥석 잡았다. 기본적으로 도도한 세라가 이토록 저자세로 간절하게 부탁한 적은 처음이었다.

"그럼 나 좀 도와줘! 나 진심이란 말이야. 이런 감정 처음이야."

평소라면 당연히 도와준다고 대답할 아영이었다. 누군가를 도와준다는 것은 언제나 아영이에게 큰 기쁨이었다. 이번만큼은 도와주겠다는 말이 섣불리 나오지 않았다.

아영이 아무 대답도 하지 못하고 곤란해하자 세라가 연신 고개를 숙였다.

"이제껏 누군가를 이렇게 좋아한 적이 없어. 완전 제대로 된 첫사랑이야! 꼭 이루고 싶은 첫사랑 말이야! 그러니까 제발 좀 도와주라. 부탁이야, 아영아."

마주 잡은 손에서 세라의 강한 진심이 전해졌다. 고민하던 아영이 짧은 한숨을 내쉬었다.

가장 친한 친구의 첫사랑이라는데 고민할 필요가 없었다. 설령 모르는 사람을 좋아한다고 하더라도 적극적으로 도와줄 판에 자신이 잘 아는 사람이었다. 도와주는 것이 당연했다.

아영은 진심으로 단짝의 첫사랑을 응원하고 싶었다. 아영의 얼굴이 부드럽게 풀렸다.

"응, 나한테 맡겨."

세라가 감격한 듯 예약해 둔 자신의 노래를 모두 취소하고 마이크와 리모컨을 아영에게 건넸다. 오늘은 네 노래 실컷 들어줄게. 마음껏 불러. 아영이 사양하지 않고 엄청난 실력의 노래를 연이어 뽑냈다.

2

아영이 학원 건물 앞에서 주변을 두리번거렸다. 밤하늘 아래 누군 가를 발견하고 얼굴이 밝아졌다.

"지담이 오빠!"

부모들이 자식을 차로 픽업하느라 분주한 그곳에 키가 훤칠한 청 년 하나가 서 있었다. 검은색 야구 모자를 눌러썼지만 모자 아래로 살포시 보이는 훈훈한 얼굴을 다 가리지 못했다. 주변 여자아이들 의 시선이 지담에게 은근히 쏠렸다.

지담이 아영에게 모락모락 김이 올라오는 새하얗고 둥근 것을 불 쑥 내밀었다. 호빵인 것을 확인하고 아영이 환하게 웃었다.

도로변에 주차된 차로 향하는 아이들 사이를 비집고 두 사람이 걸 었다. 밝은 갈색으로 물들인 머리가 달빛을 받아 더욱 노랗게 반짝 였다. 아영은 그 포슬거리는 노란 머리를 볼 때마다 쓰다듬고 싶은 마음을 억눌러야 했다.

아영의 손에 들려 있던 호빵을 지담이 가져가 반으로 갈랐다. 갈라진 틈새로 뜨거운 열기와 함께 까만 단팥 소가 살짝 삐져나왔다.

"웬 호빵이야?"

"오늘 갑자기 아버지가 찾아와서 저녁을 제대로 못 먹었거든. 엄마 오기 전에 집에서 내보내느라 힘들었어. 겨우 쫓아내고 편의점에서 대충 때우는데 이게 보이더라. 아영이 호빵 좋아하잖아. 출출할 때도 됐고."

무슨 말을 해줘야 할지 몰라 아영은 혼란했다. 지담이 그 사실을 눈치채고 나지막이 미소를 지었다.

"아직 배가 고프네. 반, 내가 먹어도 되지?"

아영이 손에 들려 있던 호빵 반쪽을 지담이 도로 가져갔다. 냉큼 한입 물더니 아우 아우 채 빠지지 못한 앙금 속 뜨거운 열기를 다급히 내뱉었다. 그 모습을 바라보던 아영이 그제야 미소를 지었다.

"천천히 먹어. 뜨거우니까."

아영이 웃는 걸 본 지담의 표정이 부드럽게 풀렸다.

친아버지는 지담에게 가장 큰 아픔이자 상처였다. 친아버지와 관련된 일을 애써 아무렇지 않은 척 말하는 지담이를 볼 때마다 아영은 가슴이 아팠다. 마음 속으로 지담의 상처가 깨끗하게 아물기를, 더는 친아버지 때문에 상처받지 않기를, 기도했다.

아영이 밤하늘을 올려다보았다. 빛 공해에 가려 잘 보이지 않지만 분명 찬란히 반짝이고 있을 별들을 떠올렸다.

호빵을 한입 베어 물었다. 조심히 먹었다고 생각했는데 팥소가 뜨거웠다. 저도 모르게 입을 아우 아우 하며 뜨거운 열기를 겨우 빼냈다. 옆에서 지담이 웃는 소리가 들렸다. 입안이 뜨겁다 못해 따가웠지만 저절로 미소가 지어졌다.

"나 집에 혼자 갈 수 있어. 멀지도 않은걸. 그러니까 매번 안 와도 돼. 대학생이 얼마나 바쁜데. 아, 방학인가? 그래도."

"내가 좋아서 하는 거야. 이럴 때 아니면 우리 아영이 얼굴 보기가 힘드니까."

"하긴. 작년까지만 해도 학교는 달라도 등하교 시간은 비슷해서 집 근처에서 자주 만났는데 올해는 오빠가 대학교 들어가니까 얼굴 보기도 힘들긴 했어. 좀, 아니 아주 서운했어."

"아영이는 나 보는 게 좋아?"

아영이 남은 호빵을 입에 넣고는 지담을 돌아보았다. 지담의 옅은 갈색 눈동자가 달빛보다 빛났다. 아영이 활짝 웃으며 대답했다.

"그럼 당연하지!"

지담의 입꼬리가 달보다 더 둥글게 휘었다.

아영이 하늘을 올려다보았다. 여전히 별은 보이지 않았지만 달은 또렷하게 잘 보였다. 보름달에 가까운 달에 기분이 좋았다.

"아, 맞아. 오늘 친구가 다짜고짜 고백 선언을 했어. 크리스마스 때 좋아하는 사람한테 고백할 거래. 굉장하지? 역시 크리스마스는 대단한 것 같아! 나까지 막 설렜다니까?"

신호대기에 걸려 두 사람의 발걸음이 동시에 멈추었다. 모자에 살짝 가려진 지담의 눈동자에 고민이 맺혔다. 그림자에 묻혀 아영이 그 사실을 눈치채지 못했다.

집 앞에 도착했다. 아영이 지담에게 이제 그만 가보라고 하였다. 지담이 잠깐 고민하더니 아영을 돌아보았다.

지담이 목에 걸려 있는 무언가를 손으로 힘 있게 쥐었다. 그러고는 옅은 한숨을 내뱉었다. 한숨 사이로 긴장감이 전해졌다. 그 긴장감은 단호했다.

"잠깐만, 아영아. 너한테 할 말이 있어."

아영이 지담을 돌아보았다. 검은색 과 잠바 위로 펜던트가 반짝였다. 지담이 예전부터 갖고 다니던 펜던트였다.

"할 말? 역시 아저씨랑 무슨 일 있었던 거야?"

아영이 미간을 잔뜩 찌푸렸다. 지담이 아영을 지그시 바라보았다. 아영은 자신을 바라보는 지담의 표정에서 진지하고 무거운 감정을 느꼈다.

"아니, 전혀. 저기, 그러니까……조심히 들어가라고."

지담이 표정을 바꾸며 밝게 웃었다. 분명 전해야 하는 무언가가 있었다. 하지만 지담이 숨기려 한다면 말해달라고 보챌 수 없었다. 아영이 모른 척 지담을 따라 미소를 지었다.

"잘 자, 아영아."

"응. 지담 오빠도 잘 자."

지담이 아영을 향해 손을 흔들며 멀어졌다. 곧 골목 모퉁이에서 사라졌다. 아영이 자리를 뜨지 않고 지담이 사라진 곳을 가만히 바라보았다. 머지않아 모퉁이에서 지담이 뿅 하고 튀어나와 손을 흔들었다.

그건 지담이 아영을 집에 데려다주고 돌아갈 때마다 하는 행동이었다. 아영이도 세차게 손을 흔들었다. 지담은 한동안 손을 흔든 뒤에야 돌아갔다.

아영이 지담이 사라진 곳을 멍하니 바라보았다. 지담이 삼킨 그 말이 무엇인지 신경 쓰였다.

방으로 돌아온 아영이 손에 책 한 권이 들려 있었다. 아빠가 최근 출간한 그림책이었다. 그 책은 아영이 마음에 환기가 필요할 때마다 읽는 안정제가 되었다.

익히 아는 내용이었지만 처음 읽는 것처럼 집중해서 읽었다. 조금씩 마음이 차분해졌다. 마지막 장을 넘겼다. 아영의 들썩이는 어깨 너머로 판권지에 제목 『일곱 색깔 나라와 눈』이 적혀 있었다. 그 밑에 '개정판'이란 글자가 보였다.

아영이 조용히 숨을 고르며 책상 서랍에서 다이어리를 하나 꺼냈다. 검푸른 밤하늘 아래 게자리가 수놓아진 표지의 일기장이었다. 한 장 한 장 넘길 때마다 빼곡하게 적힌 아영의 기록이 무심히 스쳐 지나갔다.

빈 종이를 가만히 내려다보았다. 머릿속으로 하루 있었던 일들을 정리한 뒤 정성스레 하얀 공간을 메웠다.

아영이 일기장을 덮으며 책상 한쪽을 물끄러미 바라보았다. 시선 끝으로 방과는 어울리지 않는 낡은 로보트 장난감이 맺혔다. 한참 고민하던 아영이 가만히 미소를 지으며 장난감을 향해 손을 뻗었다. 무언가 생각난 듯 손이 허공에서 우뚝 멈추었다.

3

"민아영, 언제까지 잘 거야?"

아빠의 음성에 눈을 떴다. 곧바로 시간을 확인했다. 어제보다 늦은 시각이었다.

서둘러 준비하고 집을 나서려는데 아빠가 아영을 붙잡았다. 한쪽 손으로 식탁 위를 가리켰다. 넓은 접시 위로 김이 모락모락 태평하게 피어올랐다.

"먹고 가."

"안 돼. 먹고 가면 지각할지도 몰라. 지금도 아슬아슬해."

"그래도 먹고 가. 엄마가 해둔 거야."

아영이 잠깐 망설이다가 식탁 앞에 앉았다. 잠깐 식전 기도를 올린 후 아빠가 만든 달걀볶음밥을 흡입하듯 먹어 치웠다.

"천천히 먹어. 체해."

아빠가 무뚝뚝한 목소리로 다정하게 말했다. 아영이 물을 한껏 들이켠 후 자리에서 벌떡 일어섰다.

"다녀오겠습니다."

"조심해서 다녀와라."

냉큼 가방을 챙겨 계단을 내려왔다. 대문을 여는데 찬 기운이 갑작스럽게 몸을 휘감았다. 아영이 저도 모르게 몸을 떨었다.

허공에서 검은 무언가가 날아왔다. 잡아채자 트레이닝복 재킷이었다. 코트 위로도 얼마든지 입을 수 있을 정도로 컸다. 아영은 이 자켓이 누구 것인지 단번에 알았다.

"한 겹 더 입어. 오늘 엄청 춥다더라."

소리가 난 곳으로 고개를 돌렸다. 눈앞에 늘씬하지만 근육으로 탄탄한 남학생이 서 있었다. 검고 짧은 머리카락과 날카로운 눈매 위로 아침 햇살이 잘게 부서졌다. 오른쪽 눈 아래에 있는 눈물점이 유난히 반짝였다.

"너 추위 엄청 타잖아."

건우가 한 발짝 아영에게 다가왔다. 아영이 건우와 눈을 마주치지 못하고 슬며시 고개를 숙였다.

"교복 치마 위로 이거 입으면 좀 불량해 보이지 않을까? 아냐, 그게 문제가 아니야. 역시 이상한 것 같아. 잠깐만, 건우 오빠는 지금 뭐 입고 있는 거야?"

"이상하면 좀 어때? 불량하면 또 어떻고? 난 동네 한 바퀴 뛰고 와서 하나도 안 추우니까 내 걱정은 마."

아영이 고개를 들었다. 두 사람의 시선이 가까이 붙은 허공에서 마주쳤다. 건우의 입술이 둥글게 휘었다.

아영은 건우가 오직 자신과 가족에게만 웃는다는 사실을 알고 있었다. 다른 사람에게는 너무하다 싶을 정도로 매정했다. 아영의 심장이 쿵 무겁게 내려앉았다.

"뭐 하는 거야?"

"아니, 그냥 햇살이 너무 눈부셔서."

아영이 손바닥을 들어 한쪽 눈을 가렸다. 손가락 사이로 건우의 얼굴이 살포시 맺혔다. 가만히 바라보고 있는데 건우와 눈이 마주쳤다. 건우가 밝게 미소를 지었다. 아영이 깜짝 놀라며 시선을 피했다.

"건우 오빠가 왜 이 시간에 여기 있어? 아침 훈련 가야 하는 거 아냐?"

"주말까지는 개인 연습. 다음 주까지 연장될 수도 있어. 그러니까 그때까지는 같이 학교 갈 수 있다는 거지."

"정말? 우와, 엄청 오랜만이네. 건우 오빠가 육상부 들어가기 전까지만 해도 매일 지담 오빠랑 셋이서 같이 학교에 가고 그랬는데."

"교복 갈아입고 올 테니까 기다려."

건우는 정말 금방 나왔다. 자신과 같은 학교 교복을 입고 있는 건우의 모습에 아영은 몰래 미소를 지었다.

건우와는 옆집 이웃사촌인 데다가 초중고 모두 같은 학교를 나왔다. 하지만 학년도 다르고 운동부인 건우와는 스케줄이 달라 등하교를 함께 한 적은 많지 않았다.

가끔 등하교를 같이하게 되더라도 대화를 주도하는 사람은 늘 아영이었다. 건우는 자기 이야기를 웬만해서는 하지 않았다. 아영은 아닌 척하며 슬쩍 건우의 발목과 걸음을 살폈다.

건우가 말하는 개인 연습의 의미를 아영은 잘 알고 있었다. 부상을 당했거나 고질병이 또 심해져 강제적으로 휴식하게 되었다는 것을 의미했다. 일 년 전 육상대회에서 부상을 크게 당한 후 발목 통증은 완전히 치유되지 못하고 고질병이 되었다. 몇 번인가 다그쳤지만 건우는 아무리 아파도 절대 먼저 밝히지 않았다.

일방적인 대화였지만 친밀한 누군가와 함께한다는 사실만으로도 등굣길이 평소보다 훨씬 즐거웠다. 두 사람이 1학년과 2학년 교실이 나뉘는 계단에서 헤어졌다.

"너 오늘 학원 가는 날 아니지?"

계단을 오르던 건우가 급하게 뒤돌아 아영을 불러 세웠다.

"응. 오늘은 안 가."

"기다려."

건우가 미소를 지었다. 그 미소가 눈부셔 아영은 또 손바닥으로 건우의 얼굴을 가릴 뻔하였다.

"어차피 우리 집 올 거잖아. 그러니까 학교 끝나고 기다리라고. 같이 가."

"아, 응, 알았어. 교문 앞에서 기다릴게."

건우가 아영의 대답을 듣고 나서야 다시 계단을 올랐다. 아영이 건우가 사라질 때까지 자리를 지켰다. 걸음걸이가 이상하지 않은 것을 보니 다행히 다치진 않은 모양이었다.

교실 문을 열었다. 후끈한 열기와 함께 아이들이 아영에게 달려들었다.

"민아영! 너 진짜 강건우 선배랑 무슨 사이야? 그래, 1학기 때도 비슷한 일이 있었지?"

"지금 같이 온 거야? 사귀는 거 아니지? 진짜 아니지?"

"나 아까 다 들었어! 건우 선배 집으로 간다는 건 또 뭐야?"

"얘, 얘들아 진정해."

아영이 변명 아닌 변명을 늘어놓았다. 건우와는 옆집에 사는 사이로 어릴 때부터 알고 지낸 사이다. 사정이 있어 시간이 있을 때마다 건우의 동생을 돌봐주고 있다. 건우 집에 가는 건 건우 동생 간식을 챙겨주기 위함이다.

한 점 거짓말 없는 깨끗한 진실이었지만 아이들은 탐탁지 않은 얼굴로 각자의 자리로 돌아갔다.

익숙해진 줄 알았는데 막상 또 당하니 진땀이 났다. 아영이 길게 한숨을 내쉬며 자리에 앉았다. 먼저 와 있던 세라가 상체를 바싹 들이밀고는 크고 맑은 눈을 반짝였다.

"그래서 언제 해줄 거야?"

"응? 뭐를?"

"도와줄 거라고 했잖아."

세라가 아영에게 투정을 부렸다.

"건우 선배한테 제대로 인사부터 하고 싶어. 건우 선배 가슴에 내 이름 윤.세.라. 세 글자를 빡! 하고 새겨넣고 싶달까. 첫인상이 중요해! 그래서 다른 애들과 달리 이제껏 참고 기다린 거란 말이야."

그때 담임 선생님이 노트북과 두꺼운 서류를 들고 교실로 들어왔다. '지각없지?' 라는 형식적인 말만 남긴 채 교단 한쪽 구석에 자리를 잡았다. 그대로 다음 시간 담당 선생님과 교체하기 전까지 말없이 노트북을 두드릴 예정이었다.

세라가 아영의 어깨를 톡톡 건드렸다. 돌아보자 세라가 예쁜 눈을 연신 깜빡였다.

"언제 가능해? 자연스럽게 자리 좀 만들어 줘. 친구 좋다는 게 뭐겠어?"

세라의 속눈썹이 길어 뺨에 길게 그늘이 졌다. 아영이 잠깐 고민하다가 눈을 반짝였다.

"오늘 어때? 건우 오빠랑 같이 집에 가기로 했거든. 며칠 훈련 없을 예정이고."

세라가 뛸 듯이 기뻐했다. 그 모습을 가만히 바라보는 아영의 미소가 어려 보이는 외형에 어울리지 않게 인자했다.

아영은 두 사람이 나란히 걷는 장면을 상상했다. 선남선녀가 따로 없었다. 이보다 더 잘 어울리는 커플은 없었다.

그러다 자신과 가족 외에 절대 미소를 보여주는 일 없는 건우의 서늘한 얼굴이 떠올랐다. 눈꼬리도 날카로워 웃지 않을 때 표정은 정말 살벌했다. 이상하게 그 무표정한 얼굴을 좋아하는 사람이 많았지만 역시 미소 짓는 얼굴이 더 좋았다. 그 미소는 눈부실 정도로 찬란했다.

괜찮겠지. 세라는 내 친구기도 하고 무엇보다 예쁘니까.

최대한 긍정적인 생각으로 가슴 깊숙한 곳에서부터 자꾸만 치밀어 오르는 껄끄러운 감정을 억눌렀다.

뱃속이 계속 울렁였다. 의식적으로 웃었지만 입꼬리가 무거워 자꾸만 주저앉았다. 아영은 곧 모든 일이 해결되어 행복할 두 사람만 떠올리고 용기를 내었다.

교문 앞에 건우가 먼저 와 기다리고 있었다. 아영이 세라를 돌아보았다. 세라는 어느새 손거울을 꺼내 앞머리를 단장하고 있었다. 만족스러운지 세라가 민첩하게 손거울을 주머니에 넣으며 아영을 돌아보았다. 아영이 고개를 끄덕였다.

"건우 오빠, 이쪽은 내 단짝 친구. 늘 같이 집에 가는데 오늘도 같이 가도 되지? 오늘만 갑자기 혼자 가라고 하기는 미안하잖아."

건우가 세라를 흘끗 보았다. 바로 시선을 돌렸다. 그대로 가버리려고 했다. 세라가 화들짝 놀라 건우의 옷깃을 붙잡았다. 건우를 올려다보는 세라의 예쁜 눈동자에 수줍음과 기쁨과 설렘과 기대가 맺혔다.

"안녕하세요, 건우 선배. 아영이 중학교 때부터 단짝 친구인 윤세라라고 해요. 아영이 옆에서 몇 번 본 적 있는데, 혹시 저 기억하세요?"

세라가 자신의 매력을 적극 어필하며 건우에게 다가갔다. 건우는 세라를 내치진 않았지만 대놓고 경계했다.

아영이 둘 사이에서 최대한 분위기를 바꿔보려고 노력했다. 억지로 크게 웃으며 있는 말 없는 말 가리지 않고 마구 건넸다. 그럴수록 건우가 못마땅한 얼굴로 입을 다물었다. 아영이 다급해 말이 점점 빨라졌다. 마지막에는 거의 랩을 하는 수준이었다. 눈이 팽글팽글 돌았다. 노력이 무색하게 말을 맞추던 세라의 말수마저 현저히 줄어들었다.

등줄기를 타고 땀이 삐질삐질 흘렀다. 어느 정도 예상한 바였지만 건우의 경계는 예상보다 한 수 위였다. 아영과 세라가 건우에게 수없이 많은 말을 건네고 질문하였지만 건우는 눈 하나 깜짝하지 않고 한마디 말도 해주지 않았다.

"아영아, 나 저 서점에 볼 일이 있어서 그러니까 여기서 헤어지자. 건우 선배, 저 가볼게요. 안녕히 가세요."

결국 세라가 도망갔다. 헤어질 때 표정은 울기 직전이었다.

아영이 세라를 붙잡으려고 했지만 차마 그러지 못했다. 횡단보도를 뛰어 건너가는 세라의 뒷모습을 바라볼 뿐이었다.

모두 자기 탓인 것 같아 아영은 마음이 무거웠다. 시간이 더 걸리더라도 좀 더 자연스럽고 편안한 분위기에서 만나도록 해주어야 했던 걸까. 아니, 그 전에 낯가림이 심한 건우에게 다짜고짜 사람을 소개한 것이 잘못이었다. 먼저 문자로라도 함께 갈 친구가 있다고 알려주었으면 조금 달라졌을까. 모든 것이 후회되었다.

첫인상이 중요하다고 이제껏 참았다고 했는데. 아영은 미안함에 어쩔 줄 모르며 두 발만 동동 굴렀다.

"가자. 현우 기다리겠어."

"어? 잠깐만, 같이 가."

건우가 드디어 입을 열었다. 아영이 서둘러 건우 뒤를 따랐다.

그때뿐이었다. 다시 건우가 입을 다물었다. 대화가 끊기지 않도록 노력하던 아영이도 더 이상 입을 열지 않았다. 무거운 공기만이 두 사람을 휘감았다.

세라 걱정으로 아영이 얼굴에 그림자가 졌다. 옆에서 묵묵히 걷고 있는 건우의 얼굴에도 어둠이 내려앉았다. 아영이 온통 세라 걱정만 하느라 건우의 표정을 살피지 못했다.

현관문을 열자마자 현우가 날아와 아영을 반겼다. 얼굴이 건우와 똑 닮았다. 특히 날카로운 눈초리가 비슷했다. 하지만 현우는 무표정한 건우와 달리 잘 웃는 데다 어린아이들의 볼록한 볼살 덕분에 건우에게는 없는 귀여움이 있었다.

품에 안기는 현우를 아영이 꼭 안았다. 외동딸인 아영이에게 현우는 친동생 같은 존재였다.

"누나, 누나, 아영이 누나. 나 초코머핀 먹을래. 초코머핀 해 줘."

"초코머핀? 재료가 남아있나 모르겠네. 미리 말하지. 그러면 집에서 가지고 오든지 사 왔을 텐데."

"초콜릿은 내가 사 왔어. 전에 그것만 있으면 한 번은 더 만들 수 있다고 누나가 그랬어."

아영이 잔뜩 기대에 부푼 현우가 너무 귀여워 한 번 더 꼭 끌어안으려고 했다. 뒤에서 지켜보던 건우가 무심한 얼굴로 현우를 아영에게서 떼어 놓았다.

"그거 오래 걸리잖아. 학원 안 가?"

"응, 안 가."

"왜?"

"형도 쉬잖아. 그러니까 나도 쉴래. 아빠한테 허락받았어. 그렇게 하래."

건우가 기가 막힌다는 듯 한숨을 내쉬었다. 현우가 의기양양한 얼굴로 아영을 주방으로 데리고 갔다.

찬장을 열자 베이킹과 관련된 재료가 보기 좋게 정리되어 있었다. 아영이 익숙하게 필요한 것들만 꺼내어 요리를 시작했다. 현우도 서툰 솜씨였지만 옆에서 아영을 열심히 도왔다.

두 사람의 모습을 건우가 거실 소파에 앉아 가만히 지켜보았다. 이따금 오른쪽 눈 아래 눈물점이 움찔거렸다. 날카로운 눈매 아래로 검은 눈동자가 깊었다.

완성된 초코머핀을 놓고 세 사람이 식탁에 모여 앉았다. 현우의 얼굴이 기대감으로 상기되었다. 아영이 머핀 하나를 현우에게 건넸다. 현우가 한입 크게 베어 물었다. 만지면 부드럽고 존득한 볼이 크게 부풀어 올랐다.

"맛있어! 역시 아영이 누나가 최고야!"

현우 말에 아영이 가슴을 쓸어내렸다. 건우가 아영이 앞에 머핀을 하나 내려놓았다.

"만드느라 수고했어."

아영이 한입 베어 먹었다. 까만 빵이 부드럽게 짓이겨지며 초콜릿이 온 입안을 달콤하게 감쌌다. 아영의 얼굴도 현우처럼 부풀어 올랐다. 그 모습을 바라보던 건우의 입가가 부드럽게 휘었다.

이번엔 아영이 건우에게 권했다.

"건우 오빠도 하나 먹어 봐. 단 거 좋아하잖아. 이거는 당분 조절한 거고 밀가루도 많이 안 들어갔으니까 괜찮을 거야, 아마."

"네가 한 건 다 괜찮아. 운동 더 하면 돼."

건우가 무심하게 머핀을 한입 먹었다. 아닌 척 아영이 긴장한 얼굴로 건우에게 집중했다. 빤히 자신을 바라보는 아영을 발견하고 건우가 피식 웃었다.

순간 아영의 심장이 또 무겁게 덜컹 내려앉았다. 서둘러 시선을 돌렸다. 한동안 심장이 진정되지 않았다. 심장의 덜컹거림이 시간이 지날수록 심해졌다.

"누나, 누나, 아영이 누나. 뭐가 많이 와."

현우가 아영의 폰을 가리켰다. 메시지가 많이 와 있었다. 보낸 사람이 세라라는 것을 확인하고 집중해서 읽었다.

아영아, 나 이상한 애로 낙인찍히고 싶지 않아.

이대로 포기하고 싶지 않다고.

얼마나 바란 순간인데.

그러니까 한 번만 더 자리를 마련해 줘!

건우 선배랑 꼭 가고 싶은 곳이 있는데 말이야.

아영이 숨 쉬는 것도 잊고 메시지를 읽었다. 계속해서 숨을 참은 채 슬며시 건우를 바라보았다. 조금 전 있었던 일이 떠올랐다. 식은 땀이 나며 어지럽기 시작했다.

제발 부탁해. 너 말고는 부탁할 사람 없단 말이야!

굽신거리는 스티커가 반복해서 움직였다. 실시간으로 또 다른 스티커가 붙었다. 귀여운 고양이가 '일평생 소원입니다'라며 외쳤다. 고양이의 표정이, 큰 눈망울이 몹시 간절했다.

누군가에게 도움이 되고 힘이 된다는 사실은 아영이에게 큰 즐거움이고 더할 나위 없는 기쁨이었다. 더군다나 단짝이라면 말할 필요도 없었다.

아영이 용기를 내어 입을 열었다.

"있잖아, 건우 오빠. 이번 주 계속 훈련 쉰다고 했지?"

의외로 건우가 큰 관심을 보였다. 아영이 이때다 싶어 말을 꺼낸 목적을 최대한 돌려 자연스럽게 유도했다.

"우리 어디 놀러 가지 않을래? 그래, 마침 곧 크리스마스잖아. 그

기념으로 놀러 가자. 왜, 작년도 그렇고 올봄에도 지담 오빠랑 현우랑만 벚꽃 보고 왔다고 서운해했잖아."

슬쩍 건우의 눈치를 살폈다. 건우의 얼굴에서 아닌 척 흥미가 피어올랐다. 건우의 무거운 입이 천천히 열렸다.

"둘이?"

아영이 움찔했다. 다른 사람과 함께라면 분명 가지 않겠다고 할 것이 뻔했다. 그렇다고 거짓말을 할 순 없었다. 조금 전에도 미리 말하지 않았다가 상황만 악화되었다.

아영이 마른침을 꿀꺽 삼켰다.

"아니, 내 친구랑 같이. 오늘 본 그 친구. 마침 레인보우랜드 티켓이 생겼대. 크리스마스 시즌에 레인보우랜드 티켓 구하는 거 엄청 어려운 건 알지? 무려 네 장이나 있대. 이런 좋은 기회를 놓칠 순 없잖아. 건우 오빠 친구도 한 사람 불러서 같이 가자. 현우랑 가도 좋고. 가자, 응?"

"안 가. 여자애들끼리 갔다 와."

건우가 칼같이 대답했다. 이대로 물러설 수 없었다. 아영이 건우에게 한 번 더 간곡하게 부탁했다.

"건우 오빠랑 간 적 한 번도 없잖아. 오빠랑 가고 싶어서 그래. 이건 정말 좋은 기회야!"

"안 간다고. 모르는 사람 있으면 불편해."

역시 건우는 만만한 상대가 아니었다. 그의 고집은 어릴 때부터 대단했다. 그렇다고 여기서 포기할 수 없었다. 아영은 어떻게 해서

든 조금 전의 일을 만회하고 싶었다.

아영이 용기와 의지를 긁어모아 힘껏 외쳤다.

"난 건우 오빠랑 가고 싶다고! 그런데 티켓은 세라한테 있는 걸 어떡해!"

아영이 자신이 낸 큰소리에 자기가 당황했다. 건우는 물론 현우까지 아무 말 없이 아영이만 바라보았다. 아영은 가슴 속 깊이 알 수 없는 후련함을 느꼈다.

4

　약속한 토요일이 되었다. 아영과 건우, 지담이 함께 길을 나섰다. 가는 길 중간에 세라와 합류했다. 넷이서 같은 버스에 올랐다. 세라가 앞쪽에 서 있는 건우와 지담을 흘깃흘깃 보았다. 아영이 겸연쩍게 웃었다.

　지담과 함께하게 된 건 순전히 우연이었다. 아영이 후련함을 느끼자마자 어색한 공기가 세 사람을 덮쳤다. 정적 속에서 서로 눈치만 살피고 있는데 지담이 영웅처럼 등장했다.

　현우의 설명을 들은 지담이 꼭 가고 싶다고 외쳤다. 지담이 건우를 지그시 바라보았다. 고민하던 건우가 마침내 결심한 듯 그럼 자기도 가겠다고 하였다. 아영이 현우를 돌아보았다. 현우가 어깨를 으쓱하더니 남은 초코머핀을 마저 먹었다.

　"너희 골목으로 이사하고 싶다. 아니, 아예 너희 집으로 들어갈까?"

　세라의 시선을 따라 아영도 두 사람을 바라보았다. 심기가 불편해 보이는 건우에게 지담이 꿋꿋하게 말을 걸었다.

"아영아, 나 이상하지 않아? 힘 너무 줬지?"

세라에게 시선을 돌렸다. 세라는 최신 유행하는 스타일로 완벽하게 메이크업을 하고 옷을 입었다. 덕분에 아름다운 눈동자에 세련미가 더해졌다.

주변 남자들이 세라를 바라보는 눈초리가 느껴졌다. 아영이의 입꼬리가 부드럽게 휘었다.

"세라야, 넌 항상 예쁘지만 오늘은 훨씬 더 예뻐."

"정말? 건우 선배도 예쁘다고 생각할까?"

"그……렇지 않을까? 건우 오빠도 일단 남자니까."

순간 아영의 심장이 덜컥거렸다. 하지만 곧 신이 나서 떠드는 세라의 말을 듣느라 그 사실을 잊었다.

버스에서 내리자마자 세라가 건우 옆으로 달려갔다. 건우가 날 선 경계를 숨기지 않고 재빨리 걸었지만 작정한 세라에게서 쉽게 벗어날 수 없었다. 세라가 건우를 좇으며 쉼 없이 말하였다.

목적지는 꿈과 환상의 나라 레인보우랜드였다. 신이 나서 앞장서 걸어가던 지담을 세라가 말렸다. 세라가 지담에게 티켓을 보여주었다. 온통 하얀빛에 순간 지담의 얼굴에 실망한 기색이 스쳐 지나갔다. 그것도 잠시, 곧 방향을 바꿔 힘차게 걸어갔다. 그 뒤를 세라가 건우의 팔을 잡아끌며 따랐고 맨 끝에서 아영이 세 사람을 지켜보며 천천히 걸었다.

꿈과 환상의 나라 레인보우랜드에는 일곱 가지 테마가 있었다.

정열의 빨강나라, 축제의 주홍나라, 희망의 노랑나라, 파도의 파랑나라, 마법의 보라나라, 눈의 하얀나라, 어둠의 검은나라. 장소마다 테마에 맞춰 전체적으로 디자인되어 있고 관련 이름으로 된 놀이기구가 존재했다. 다른 곳과 조금 다른 곳이 둘 있었다. 파도의 파랑나라는 워터파크이고 눈의 하얀나라는 눈썰매장이었다.

지담이 잠깐 실망한 이유는 세라가 가지고 있는 티켓이 모든 테마를 오갈 수 있는 무지개 티켓이 아니라 일정한 테마만 들어갈 수 있는 특정 색깔 티켓, 그중에서도 눈의 하얀나라 티켓이었기 때문이었다.

"그거 알아요? 레인보우랜드 괴담."

눈의 하얀나라로 이동하면서 세라가 불쑥 말했다. 지담은 당당한 얼굴로 고개를 끄덕였고 아영은 호기심에 눈을 반짝였다. 건우만 상관없다는 듯 시작도 전에 지친 기색이 역력했다.

세라가 건우의 안색을 살피며 말을 이었다.

"현재 레인보우랜드 회장은 진유린이잖아요. 원래는 남편인 하씨 가문 거였고 말이죠. 2대 회장 하 씨가 행방불명되면서 아내가 도맡게 된 거라고 하더라고요. 자, 여기까지는 팩트입니다."

지담이 고개를 끄덕이며 동조했다.

"여기서 바로 괴담이 시작돼요. 2대 회장 하 씨는 어떻게 행방불명이 되었는가? 남편의 재산을 탐낸 아내의 짓이라는 음모론이 존재해요. 여기 어딘가 2대 회장이 묻혀 있단 이야기도 있죠. 그게 아니라면 2대 회장 하 씨에게는 동생도 있었다는데 어떻게 동생이 아니라 아내가 3대 회장이 되었겠어요? 초대 회장인 하 씨의 아버지가 이 테마파크를 건설했는데 말이죠."

"아내니까! 아내가 절대 그럴 리 없어. 분명 남편이 무사히 돌아올 것을 믿고 지금도 기도하며 기다리고 있을 거야!"

평소와 달리 아영이 잔뜩 흥분하며 말했다. 세라가 옅은 한숨을 내쉬었다.

"음모론이랑 괴담이 다 그렇지, 뭐. 건우 선배는 어떻게 생각해요? 건우 선배도 음모론에 불과하다고 생각해요? 네? 건우 선배? 건우 선배는 이런 이야기 별로예요?"

건우는 세라를 쳐다보지도 않고 앞만 보며 걸었다. 조금 전보다 눈 밑 다크써클이 더 크게 번져 있었다.

그대로 눈의 하얀나라에 도착했다. 티켓팅을 마치고 안으로 들어오자마자 주변이 온통 인공눈으로 새하얬다. 조금 전 세라가 제기한 음모론 따위는 완전히 잊고 건우를 제외한 세 사람이 흥분하며 언덕 위로 내달렸다.

"건우 선배, 얼른 와요. 어서 타요, 우리!"

"건우 오빠, 가자. 오늘은 실컷 놀자! 봐, 지담이 오빠는 벌써 저렇게 신났잖아."

"다들 어서 와! 빨리빨리 움직여야 한 번이라도 더 타지!"

잔뜩 신이 난 아영이 콧노래를 불렀다. 자신도 모르게 나온 노래였다. 오랜만이라는 듯 지담이 가만히 미소를 지었다. 세라는 서둘러 주변을 살폈다. 다행히 아영의 엄청난 콧노래를 신경 쓰는 사람은 없었다. 세라가 몰래 안도의 한숨을 내쉬었다.

그때였다.

"하하-."

건우가 소리 내 웃었다. 아영과 지담이 별일 아니라는 듯 건우에게 손짓했다. 건우가 두 사람에게 다가갔다.

오직 세라만이 그 자리에 우뚝 서 있었다. 당혹스러운 마음을 진정시키려고 노력했지만 굳은 얼굴이 펴지지 않았다. 제법 위까지 오른 아영이 세라를 불렀다. 그제야 표정을 정돈하고 꼭대기로 뛰기 시작했다.

네 사람 중 지담이 가장 신이 났다. 세라는 지담을 보며 큰 강아지 같다고 웃었다. 아영도 크게 공감했다. 여전히 못마땅한 기색의 건우를 세라가 싹싹하게 챙겼다. 그럴수록 건우의 표정이 굳었다.

건우의 시큰둥함은 크게 문제 되지 않았다. 세라도 건우와 함께 시간을 보내고 있다는 사실 자체로 만족하는 모양이었다.

아영은 최대한 건우를 의식하지 않으려 노력했다. 세라가 즐거우니 괜찮다고, 건우에게는 이후에 사과하겠다고, 어쩌면 세라에게 점차 익숙해져서 서로 좋아하게 될지도 모른다고. 아영은 썰매를 탈 때마다 스치는 세찬 공기에 시름을 실어 날려 보냈다.

조금 늦은 점심을 먹고 다시 썰매를 타러 갈 때였다. 테마파크 특유의 흥분된 분위기에 세 사람이 흠뻑 취해 있었다.

세라가 두 명씩 짝지어 타자고 제안했다. 혼자서는 실컷 탔다는 것이 이유였다. 몸무게 합을 맞춰 아영과 지담, 건우와 세라가 짝이 되었다. 이것이 세라의 작전이라는 사실을 아영은 그제야 깨달았다.

"두 명이 타면 더 빠르니까 훨씬 더 재밌을 거예요."

"좋은데? 얼른 가서 타자!"

세라와 지담이 호흡이 척척 맞았다. 씩씩하게 오르막을 올랐다. 처음 보는 사이라고 믿기지 않을 정도였다. 아닌 척 세 사람에게 맞춰주던 건우가 이번에는 꼼짝도 하지 않았다.

불길한 생각에 건우를 돌아보았다. 아영의 기우가 맞아떨어지고 말았다. 건우의 눈물점이 서늘했다.

"더는 안 되겠다. 난 간다. 셋이서 놀아."

건우가 출입구 방향으로 걸어갔다. 잠깐 고민하는 사이에 누군가가 아영의 옆을 빠르게 스쳐 지나갔다. 세라였다.

지금 이 상황에서 세라가 따라가 봤자 역효과만 불러올 뿐이었다. 세라를 말려야 했다. 세라를 붙잡으려는데 누군가가 아영의 팔을 단호하게 붙잡았다. 돌아보니 지담이었다.

"두 사람의 문제니까 알아서 해결하라고 해. 이 이상 끼어드는 건 오지랖밖에 되지 않아, 아영아."

멀어지는 건우와 세라를 다급하게 돌아보았지만 좇을 수 없었다. 두 사람에게서 먼저 연락이 올 때까지 기다리기로 했다. 근처 카페로 이동했다. 지담이 음료를 가지고 테이블로 돌아왔다. 아영이 앞에 따뜻한 레몬차가 놓였다.

"너무 걱정하지 마. 괜찮을 거야. 일단 이것 좀 쥐고 있어. 아영인 손이 항상 차니까."

아영이 레몬차가 담긴 컵을 손으로 꼭 쥐었다. 따뜻한 열기가 손끝에서 점차 온몸으로 번져나갔다. 한 모금 마시자 속도 따뜻해졌다. 조금 진정이 되었다.

지담을 돌아보니 평소답지 않게 커피만 마시고 있었다. 고민이 깊어 보였다. 역시 그날 아저씨와 무슨 일이 있었던 것이 분명했다. 아영이 무슨 고민이냐고 물어보려던 찰나였다.

"아영아, 건우 선택하지 마."

갑작스러운 말에 깜짝 놀랐다. 당황한 아영과 달리 아영을 바라보는 지담의 눈동자는 무척 진지했다. 지담이 평소와 다른 진중한 말투로 말을 이었다.

"건우 선택하면 상처받아. 내 말 믿어야 해, 아영아."

어떤 반응을 보여야 할지 몰라 아영이 그대로 몸이 굳었다. 지담이 살포시 미소를 지었다. 그 미소는 퍽 서글펐다.

"난 시공간을 넘어서 왔어. 모든 걸 봤다고."

남을 의심하기보다 먼저 믿는 아영이었다. 지담의 말은 너무 상식 밖이라서 쉽게 믿을 수 없었다.

"시공간? 지담 오빠 미래에서 왔어?"

아영이 영문을 모르겠다는 표정으로 지담을 올려다보았다. 지담의 옅은 갈색 눈동자가 깊게 일렁였다. 위태로운 미소에서 긍정도 부정도 읽을 수 없었다. 도저히 어떤 반응을 보여야 하는지, 어떤 대답을 해줘야 하는지 알 수가 없었다.

아영이 과학적인 사실만 믿는 사람은 아니었다. 과학으로 설명되지 않는 비밀스러운 사실과 진실에 강한 흥미를 느꼈다. 아영은 판타지와 SF, 미스터리, 각종 비밀 이야기를 좋아했다.

하지만 그러한 이야기가 눈앞의 현실이 될 것이라고 한 번도 생각하지 못했다.

전에 하려다 그만둔 말이 이것이었을까. 지담의 말을 믿고 싶었다. 마음과 달리 지담의 말을 믿을 수 없었다. 아영의 머릿속이 점차 새하얘졌다.

휴대폰이 울렸다. 다급히 받아보니 세라가 울고 있었다.

상황을 대충 파악한 지담이 건우에게 가보겠다고 자리에서 일어났다. 아영도 서둘러 일어나 세라가 있는 곳으로 향했다.

세라는 레인보우랜드와 이어진 지하 역사 안에 우두커니 혼자 서 있었다. 남들 시선에도 아랑곳하지 않고 우는 세라 뒤로 행방불명된 레인보우랜드 2대 회장 하성규의 흉상이 보였다.

아영이 천천히 다가가 세라를 말없이 안아주었다. 아영의 품에서 세라는 오래도록 울고 또 울었다.

집에 돌아오니 날이 어둑했다. 아영은 몸과 마음이 모두 지친 상
태였다.

멍하니 책상 앞에 앉아 있었다. 가만히 허공을 바라보는 아영의
얼굴이 퍽 복잡했다. 그때 휴대폰이 울렸다. 메시지를 확인한 아영
이 곧바로 집을 나섰다.

집 근처 놀이터 벤치에 앉았다. 가을에 붉은 단풍잎으로 풍요롭던
놀이터는 건조하게 메말라 있었다.

오래지 않아 건우가 다가와 옆에 나란히 앉았다. 아영이 긴장으
로 몸이 굳었다.

학교 가는 길에 있는 놀이터는 어릴 때 지담과 건우와 함께 자주
놀던 장소였다. 건우가 육상을 시작한 뒤로는 개인 훈련을 하며 동
네를 뛰는 건우에게 음료를 건네며 응원하는 장소가 되었다.

항상 즐거운 추억으로 반짝이던 장소가 짙은 어둠이 내려앉아 고
요했다.

사과해야 할까, 그것도 아니라면 능청스럽게 대처해야 할까. 아
영은 혼란스러웠다.

"하-."

건우의 깊은 한숨이 바늘이 되어 아영의 가슴을 쿡쿡 찔렀다. 차
마 건우를 쳐다보지도 못하고 고개를 깊이 숙였다. 아영의 뒤통수
위로 한탄에 가까운 건우의 혼잣말이 묵직하게 흘러내렸다.

"겨우 마음먹었는데. 이건 뭐 고백하기도 전에 차인 꼴이네."

'고백'이란 단어에 아영이 화들짝 놀라 고개를 들었다.

"뭐? 고백? 건우 오빠 혹시 좋아하는 사람 있어?"

아영의 얼굴이 새하얗게 질렸다. 건우가 다시 한번 짙게 한숨을 내쉬었다. 조금 전보다 더 무거웠다.

잠깐의 침묵이 흐르고 결심했다는 듯 건우가 아영을 가만히 바라보았다.

"대답은 이미 들은 것 같기는 한데 그래도 마음먹었으니까 말할게. 좋아해."

건우에게 조금의 망설임도 없었다. 아영은 지담이 시공간을 넘어서 왔다는 말을 들었을 때보다 더 당황했다. 사고가 완전히 정지된 아영이 그대로 굳었다. 말이 없는 건 건우도 마찬가지였다. 어둠이 내린 놀이터가 적막했다.

아영아, 건우 선택하지 마. 건우 선택하면 상처받아. 내 말 믿어야 해, 아영아.

지담은 오늘 밤 건우에게서 고백받는다는 사실을 알고 그 말을 한 걸까. 지담은 정말 모든 걸 다 보고 시공간을 넘어온 걸까. 어지러웠다.

다음 순간 세라의 얼굴이 떠올랐다. 아영이 고개를 숙였다. 밤이 짙게 내려 주변이 어두웠지만 두 사람이 서 있는 공간이 유독 더 어둡게 느껴졌다.

아영이 아무 대답도 하지 않자 건우의 표정이 조금 슬프게 일렁였다.

"집에 가자. 너 추워."

돌아가는 길 내내 아영은 혼란스러웠다.

두 사람은 서로 옆집 사이였다. 집 안으로 들어가는 순간까지 아영은 건우가 자신을 바라보는 시선을 느꼈다. 그 시선이 무척 다정했지만 아영은 끝내 건우에게 어떤 대답도 해주지 못했다.

5

아영이 멍하니 창밖만 바라보았다. 옆에서 누군가가 계속 불렀지만 듣지 못했다. 참다 참다 세라가 아영의 두 뺨을 잡고 자기 쪽으로 돌렸다.

"민아영!"

"어?"

"내 말 듣고 있어? 두 번째 플랜을 세워야지! 내가 밤새 생각해 봤는데 내가 너무 설불렀어. 건우 선배처럼 완벽히 회피형인 사람한테 말이야. 그래서 천천히 다가가기 계획을 세워봤어. 그런데 어떻게 하면 돼? 넌 어떻게 건우 선배랑 친해졌어?"

아영의 시선이 점차 멀어졌다. 그것도 모르고 세라가 계속 말을 이었다.

"크리스마스 때 자연스럽게 만날 수 없을까? 파티 같은 거 안 해? 나 초대하면 자연스럽게 만날 수 있잖아. 그래, 파티가 좋겠다!"

세라의 말소리가 점차 흐려지며 사라졌다.

아영도 밤새 생각했다. 마음을 굳힌 세라와 달리 아영은 어떤 결론도 내리지 못했다. 지담의 말을 아직도 완벽하게 믿을 수 없었다. 건우의 고백에 어떤 대답도 들려 줄 수 없었다. 그렇다고 어젯밤 있었던 일을 세라에게 전할 수도 없었다.

세라의 말을 들어줘야 했다. 마음과 달리 어떤 말도 귀에 들어오지 않았다. 진퇴양난에 빠져 아영은 옴짝달싹도 하지 못했다.

정작 이 순간 아영을 가장 힘들게 만드는 건 다른 일이었다. 오늘이 그날이란 사실에 아영은 숨이 막혔다.

무심코 창밖을 내려다보았다. 건우가 학교를 나서고 있었다. 걸음이 평소보다 무거웠다. 그건 짙은 슬픔과 미련이었다.

조퇴하고 가는 건우를 가만히 바라보았다. 아영의 표정이 한순간에 편안해졌다. 그건 포기에서 오는 후련함이었다.

이미 한 차례 정리한 마음이었다. 아영은 건우의 마음을 받아줄 수 없었다. 평생 다른 사람을 사랑하지 못한다 하더라도 아영은 건우를 선택할 수 없었다. 아영은 그날의 각오를 떠올렸다.

평온함은 오래가지 않았다. 건우가 조퇴한 지 세 시간 만에 청천벽력과도 같은 연락을 받았다. 건우네 아저씨였다.

아영아, 미안한데 혹시 건우 학교로 돌아갔니? 갑자기 사라졌는데 전화도 받지 않아서.

오늘은 건우네 아줌마 생신을 맞아 가족이 다 함께 추모 공원에
다녀오는 날이었다. 추모 공원에 도착할 때까지 같이 있었는데 1층
로비에서 잠깐 쉬겠다고 한 뒤로 사라졌다고 했다. 아영의 심장이
떨어져 나갈 뻔했다.

전화를 걸었다. 몇 차례 계속 걸었지만 받지 않았다.

학교 안을 무작정 찾아 헤맸다. 육상부인 건우가 평소 가장 많
은 시간을 할애하는 운동장에 가보았지만 날이 추워서 그런지 아
무도 없었다.

체육관으로 향했다. 설렁설렁 시간을 보내고 있는 학생들로 바글
바글했다. 육상부 코치를 맡고 있는 체육 선생님을 찾아 물었지만
모르겠다는 대답만 돌아왔다.

건우네 반에도 가보았다. 누구도 건우의 행방을 알고 있지 않았
다. 오히려 아영을 향해 '네가 그…….' 라며 흥미로운 눈으로 바라
보기만 할 뿐이었다. 부담스러운 시선에서 서둘러 도망쳤다.

지담에게 연락이 왔다. 대학생인 지담이 방학이라 시간이 많으니
적극적으로 건우를 찾겠다며 아영을 안심시켰다.

그 후에는 기다리는 것밖에 할 수 있는 일이 없었다. 아영과 세라
는 서로를 의지하며 불안감을 최대한 억눌렀다.

밤이 될 때까지 건우는 돌아오지 않았다. 무슨 일이 난 것이 틀림
없다며 건우네 아저씨가 혼이 빠진 표정으로 경찰서로 달려가려는

것을 지담이 겨우 말렸다.

골목 전체가 어수선했다. 원래 일정대로라면 아영은 학원에 가야 했다. 엄마도 아빠도 학원에 가지 않은 아영을 조금도 신경 쓰지 않았다. 건우네 사정을 아는 이웃들이 같은 마음으로 마음을 졸이며 건우를 기다렸다.

이제는 도저히 안 되겠다며 건우네 아저씨가 자리에서 벌떡 일어섰다. 지담도 더는 말릴 수 없다는 듯 고개를 숙였다.

그때였다. 아영이의 휴대폰 벨 소리가 골목에 울려 퍼졌다. 떨리는 손으로 발신자를 확인했다. 건우였다.

"거, 건우 오빠한테서 연락이 왔어요!"

아영이 서둘러 전화를 받았다. 골목에 있던 사람들이 아영을 중심으로 모여들었다.

"여보세요? 건우 오빠? 지금 어디야?"

"잠깐 와 줄래? 할 말이 있어."

건우의 목소리가 휴대폰을 타고 평소보다 더 나직하게 흘렀다. 건우의 차분한 목소리를 듣자 심장이 울컥했다.

"지금 그게 할 말이야! 이제까지 어디에 있었던 거야? 왜 전화도 받지 않은 건데? 아저씨랑 현우가 얼마나 걱정한 줄 알아?"

"보고 싶어. 놀이터로 와 줘."

"……놀이터? 지금 놀이터에 있어?"

"아, 혼자 와주라. 아빠랑 현우한테는 내가 나중에 다 설명할 테니까. 물론 아저씨랑 아줌마들께도."

전화가 끊겼다. 아영의 심장이 심하게 뛰었다. 그래서 다들 상황을 몹시도 궁금해한다는 걸 잘 알고 있으면서도 아무 설명 없이 그대로 내달렸다.

정말 거짓말처럼 건우가 놀이터 그네에 앉아 있었다. 아영이 다가가자 옆에 있는 그네를 가리켰다. 아영이 얌전히 그네에 앉았다.

아영을 불러냈지만 건우는 정작 아무 말도 어떤 행동도 하지 않았다. 가만히 밤하늘만 올려다볼 뿐이었다. 먼저 입을 연 건 아영이었다. 아영이 최대한 조심스럽게 물었다.

"무슨 일…… 있었어?"

그제야 건우가 아영을 돌아보았다. 까만 눈동자가 어느 때보다 깊게 일렁였다. 거의 한나절 만에 돌아온 건우는 무언가 달라져 있었다.

"건우 오빠?"

"기다릴게. 얼마든지 기다릴 수 있어. 이제까지도 기다렸는걸."

"기다……린다니, 그게 무슨 소리야?"

"내 고백에 대한 너의 대답."

아영은 행방불명 소동에 잠시 잊고 있던 결심이 떠올랐다. 전해야 했다. 대답해야 했다. 길게 끌면 끌수록 더 큰 상처만 줄 뿐이었다. 이제는 자신의 결심을 들려주어야 했다. 기뻤지만 건우의 마음을 받아줄 수 없노라고.

숱한 다짐이 무색하게 당황스러울 정도로 어떤 말도 나오지 않았다.

긴 침묵을 끊은 건 이번엔 건우였다. 건우가 간결하면서도 단호한 어조로 말했다.

"기대하고 있어. 크리스마스 날을 말이야. 기다릴게. 이번엔 내가."

돌아본 건우는 희미하게 미소를 짓고 있었다. 슬퍼 보이면서도 기뻐 보였다. 안쓰러웠다. 아니, 그런 미소를 짓는 건우가 낯설었다. 건우와 눈이 마주쳤다. 소름이 돋았다.

아영이 벌떡 일어섰다. 그네에서 끼익 날카로운 쇳소리가 났다.

"당신, 누구야?"

분명 건우였지만 처음 보는 사람처럼 낯설었다. 이제껏 소중히 함께 맞추어 온 무언가가 잔뜩 어긋난 것처럼, 빼앗긴 것처럼 불편했다.

"당신은 내가 알고 있는 건우 오빠가 아니야."

그렇게 내뱉고는 도망쳤다.

한나절 사라졌다가 돌아온 건우의 일은 해프닝으로 끝이 났다. 모두 태연하게 일상으로 돌아갔다. 건우네 아저씨와 현우조차 그런 일은 애초에 없었다는 듯 건우를 대했다.

건우는 사라지고 돌아온 다음 날 강제로 주어진 휴식 시간을 강제로 반납하고 훈련에 복귀했다. 이맘때 컨디션 난조를 보이는 평소와 달리 조깅하거나 훈련하는 건우의 다리는 어느 때보다 가벼워 보였다.

그날 이후 아영은 건우가 계속 낯설었다. 건우에게서 강한 위화감이 느껴졌다. 아영은 잠시라도 건우와 같이 있지 않도록 노력했다. 어떤 경우에는 대놓고 피하기도 했다.

세라에게 몇 차례나 사실을 전하려고 하였다. 그러다 그만두기를 반복했다. 어떻게 말해야 하는지 알 수가 없었다. 건우가 고백했는데 갑자기 사람이 바뀌었다고? 건우를 좋아하고 있는 평범한 사람에게 할 말은 아니었다.

"아영아, 그래서 크리스마스 파티 준비는 잘 되고 있어? 도와준다니까?"

'크리스마스'라는 말에 정신이 번뜩 들었다. 주변을 둘러보자 세라가 영문을 모르겠다는 얼굴로 아영을 바라보고 있었다. 아영이 어색하게 웃었다.

"미안, 미안. 지담 오빠한테 부탁해서 둘이서 잘 준비하고 있으니까. 걱정하지 마."

"그래? 알았어. 너만 믿는다?"

"······응."

기대에 찬 세라의 예쁜 미소를 아영이 가만히 바라보았다. 가장 시급하게 해야 할 일이 있었다. 더 이상 미룰 수 없었다. 건우의 상태가 어떻든 크리스마스가 되기 전에 반드시 해결해야 했다.

"하……."

아영이 저도 모르게 한숨을 깊게 내쉬었다. 학원 앞으로 마중 나온 지담이 걱정스러운 표정으로 아영을 보았다.

"아영아, 어디 아파?"

"어? 아니, 아니. 멀쩡해."

활짝 웃으며 아영이 건강하다는 것을 보여주었다. 그런데도 아영을 바라보는 지담의 얼굴에서 걱정이 사라지지 않았다.

두 사람 사이에 대화가 좀처럼 이어지지 않았다. 그건 쉼 없이 재잘거리는 아영이 아무 말도 하지 않았기 때문이었다. 지담의 얼굴에 슬픈 빛이 가득했다.

아영에게 맞춰 걸어주던 지담의 발걸음이 우뚝 멈추었다. 몇 걸음 더 가서야 깨달은 아영이 뒤돌았다. 모자챙에 가려 지담의 얼굴이 잘 보이지 않았다.

"지담 오빠?"

"결국 결심한 거지, 대답하기로?"

지담이 고개를 들어 아영을 바라보았다. 지담은 상처받은 얼굴을 하고 있었다.

"건우 고백에 대한 대답."

"어? 그걸 어떻게 알았어? 정말 다 알고 있는 거야?"

지담이 몇 걸음 다가왔다.

"아영아, 건우 선택하지 마. 정말 상처받아."

"그런 거라면 걱정하지 마……."

지담이 아영에게 불쑥 무언가를 내밀었다. 아영이 그것을 건네받았다. 지담이 늘 하고 다니던 펜던트였다. 아영의 손바닥 위에서 판타지 세계 어느 별의 암석 같은 보라색 보석이 몽롱하게 반짝였다.

아영이 고개를 한쪽으로 기울었다.

"전에 시공간을 넘어서 다 보고 왔다고 했지? 사실 난 정확하게 말하면 이 세계 사람이 아니야. 다른 가능성의 세계에서 왔어. 이 펜던트가 내가 왔던 세계로 널 이끌어 줄 거야. 보고 와. 이건 그걸 위해 존재하니까."

"그게 무슨 말이야?"

지담의 말을 따라가지 못했다. 제대로 이해하지 못했는데 지담은 그 이상 어떤 설명도 덧붙이지 않았다.

"잘 자, 아영아. 좋은 꿈 꾸고 와."

어느새 집 앞에 도착해 있었다. 지담이 그대로 가버렸다. 모퉁이를 지나 사라졌다. 아영이 기다렸다. 평소처럼 껑충 뛰어오르며 손을 흔들어줄 것으로 생각했다. 꽤 오래 기다렸지만 지담은 다시 나타나지 않았다.

아영이 제 손에 들린 보라색 펜던트를 내려다보았다. 잠깐 고민하던 아영이 다음에 만났을 때 돌려주면 된다는 가벼운 마음으로 발길을 돌렸다.

아영이 일기장을 덮고 천천히 침대에 몸을 뉘었다. 포근한 이불이 몸을 녹여주는데도 쉽사리 잠에 들지 못했다.

휴대폰을 켰다. 세라에게 메시지가 와 있었다. 파티 준비에 도움이 될 만한 사이트와 영상들이었다. 세라에게 답장을 보낸 뒤 아영이 눈을 감고 돌아누웠다. 조금 전까지 멀쩡했는데 잠이 쏟아졌다. 아영이 그대로 잠에 들었다.

그 순간 책상 위에 올려 둔 지담의 보라색 펜던트가 빛을 내기 시작했다. 어둠에 감싸여있던 아영의 방이 한순간에 보라색 빛으로 뒤덮였다.

아영은 잠결에 누군가의 노랫소리를 언뜻 들었다. 몽롱한 허밍 같은 그 노래를 듣자 아영은 가슴이 미어지도록 아파왔다.

어떤 아픔도 슬픔도 없이 웃음뿐이길.

애절한 목소리가 아영의 심장을 움켜쥐었다. 숨이 쉬어지지 않았다. 아영이 참다가 막힌 숨을 단숨에 들이쉬며 눈을 떴다.

2장.
검푸른 전갈자리 세계는

0

누군가 설명해 준 것도 아닌데 모든 상황이 이해된다.

묘하게 왜곡된 감각. 현실에서는 경험하지 못할, 물리 시스템과 경험을 완벽히 무시하는 비상식적인 풍경. 판타지 영화에서나 볼 법한 장면.

이곳은 꿈이다. 나와 연결된 누군가의 꿈. 그것도 실제로 겪은 과거 경험을 회상하는 꿈이다.

하늘을 올려다본다. 무언가 내릴 것으로 생각했는데 아무것도 내리지 않는다. 천천히 주변을 둘러본다. 온통 노란 모래뿐이다. 공중에 떠다니는 모래 먼지 때문에 아무 것도 보이지 않는다. 어떤 생명의 소리조차 들리지 않는 완벽한 고독의 장소.

황폐한 이곳이 '희망의 노랑나라'라는 사실을 자연스럽게 깨닫는다.

모래 먼지 사이로 흐릿한 실루엣이 보인다. 늘 꿈에서 보던 여인이 서 있다. 모래에 덮인 푸석한 해바라기 빛 머리카락. 해바라기밭에서 볼 때보다 남루하다.

이곳은 여인의 꿈속이다.

휘오오- 바람이 분다. 꿈인데도 모래가 눈에 들어와 따갑다. 잠깐 눈을 감고 바람이 그치기를 기다린다. 오래지 않아 외로운 바람이 멈춘다. 천천히 눈을 뜬다. 아주 미세하게 주변이 뚜렷해진 걸 느낀다.

도저히 나이를 짐작할 수 없는 묘령의 여인을 돌아본다. 외모는 앳되지만 깊은 눈동자에서 연륜이 느껴진다. 여인이 모래 위에 맨손으로 무언가를 그린다. 여인의 몸을 따라 긴 머리카락이 흐느적거린다. 눈 밑은 퀭하고 피부가 거칠다. 집중한 얼굴이 퍽 애처롭다.

뒤에서 누군가의 시선이 느껴진다. 돌아보니 처음 보는 동물이 여인을 바라보고 있다. 사막여우와 개 그 어딘가 사이쯤으로 보인다. 꼬리를 움직일 때마다 풍성한 꼬리털이 하늘거린다.

여인만 하염없이 바라보던 작은 동물이 이쪽을 돌아본다. 정확히 무엇을 보는지 알 수 없는 이 옅은 갈색의 눈동자를 언젠가 본 적이 있는 듯 익숙하다.

그 순간 어렴풋한 햇살에 목 언저리가 반짝인다. 주변과 어울리지 않는 빛깔의 펜던트가 걸려 있다. 펜던트가 눈에 익다.

에스페로! 이리 와, 에스페로!

멀리서 여인이 작은 동물을 부른다. 동물이 뒤도 돌아보지 않고 여인에게 달려간다. 사정없이 흔들리는 꼬리가 퍽 귀여운 강아지 같아 미소가 지어진다.

그 순간 몸이 떠오른다. 여인과 작은 동물이 주변 모래만큼 작아
진다. 하늘에서 바라본 풍경에 놀라고 만다. 모래 위에 선으로 새겨
진 거대한 해바라기밭이 경이롭게 펼쳐져 있다.

1

시끄러운 벨 소리에 아영이 깜짝 놀라 눈을 떴다. 숨을 몰아쉬었다. 눈가가 촉촉해 검지로 훔쳐보니 눈물이었다.

주위를 둘러보았다. 창문으로 눈부신 햇살이 들어와 방을 밝혔다. 아주 잠깐 잠들었던 것 같은데 벌써 아침이었다.

벨이 멈추지 않고 계속 울렸다. 알람이라고 생각했는데 지담에게서 온 전화였다. 이렇게 이른 시간에 웬일인가 싶어 아영이 얼른 전화를 받았다.

"여보세요, 지담이 오빠? 무슨 일이야?"

"뭐? 어? 아아……."

정작 전화를 건 지담이 당황했다. 하지만 곧 침착하게 이야기를 이어갔다.

"아영아, 놀라지 말고 들어. 이 세계는 이제껏 네가 살던 세계가 아니야."

아주 잠깐 어색한 침묵이 흘렀다. 고심이 대답할 말을 고르던 아영이 어떤 말도 하지 못했다. 끝내 언어가 되지 못한 감정과 질문들이 입에 맴돌았다.

기다려도 아무 반응이 돌아오지 않자 지담이 자연스럽게 대화를 이었다. 다정한 음색이 평소보다 한층 더 부드러웠다.

"또 다른 가능성의 세계에 온 걸 환영해."

아영이 고개를 한쪽으로 기울었다. 커다란 눈을 깜빡이며 찬찬히 주변을 둘러보았다.

미색에 가까운 벽지로 둘러싸인 사각형의 공간. 가장 안쪽 공간에 어릴 때부터 사용한 하늘색 프레임의 침대가 놓여 있고 노란 꽃이 그려진 이불로 덮여 있었다.

침대 건너편에 아카시아 나무로 만들어진 책상이 보였다. 언젠가 물건을 놓쳐 생긴 상처도 그대로였다. 책상 앞에 각종 꽃과 별 사진이 붙어 있었다.

어디를 보아도 자기 방이지만 어딘가 모르게 약간의 위화감이 느껴졌다.

"어제부터 자꾸 무슨 소리야? 또 다른 가능성의 세계라니?"

아영의 물음에 지담이 당연하다는 듯 대답했다.

"그야 매일 아영이에게 모닝콜을 해왔는데 내가 왜 전화했는지 전혀 모르고 있잖아."

"모닝콜? 지담이 오빠가 나한테 모닝콜 한 적 없는데?"

"왜 없어. 아영이가 부탁해서 반년째 하루도 빠지지 않고 모닝콜을 해오고 있는데. 사귀는 사이니까."

"지담이 오빠한테 모닝콜을 부탁했다고, 내가?"

"응. 정확히 이 세계에 살던 아영이가."

아영이 다른 쪽으로 고개를 기울이며 필사적으로 과거의 기억을 뒤졌다.

지담이 시공간을 넘어서 왔다고 이야기했다. 이후 펜던트를 주며 가능성의 세계로 이끌어 줄 것이라고 한 말이 떠올랐다. 계속해서 몸을 휘감고 있는 묘한 위화감이 점차 강해졌다.

잠깐, 그전에 또 뭐라고 했던 것 같은데. 사귀는 사이?

이제껏 지담이 들려 준 이해되지 않던 말들과 조금 전 전화상으로 들은 지담의 알 수 없는 말. 각각 떨어져 있던 조각들이 순식간에 하나로 이어졌다.

"뭐라고?"

아영이 침대에서 벌떡 일어나 소리를 질렀다. 서둘러 입을 틀어막았다. 비명을 듣고 엄마와 아빠가 쫓아 들어올 것이라고 생각했다.

"주변에 바뀐 부분이 분명 있을 거야. 아, 일기장! 이 세계에서 일기장은 우리가 함께 고른 거니까 그게 다를지도 몰라. 일기장을 한 번 확인해 봐."

아영이 시간을 확인했다. 평소보다 여유가 있었지만 지각하지 않으려면 준비를 시작해야 했다.

"지담이 오빠, 일단 나 학교 가야 해. 갔다 와서 다시 연락할게."

"응, 잘 다녀와. 기다리고 있을게. 도움이 필요하면 언제든 연락하고."

전화를 끊고 아영이 방을 나섰다. 당연히 주방에서 계란 프라이를 만들고 있는 아빠의 뒷모습이 보일 거라고 생각했지만 어디에도 아빠가 없었다. 조심스럽게 안방 문을 열었다. 이미 두 사람 모두 집을 나섰는지 작은 온기조차 남아있지 않았다.

당황한 채 주방으로 돌아왔다. 식탁에 놓인 메모장이 보였다. 그 아래 오만 원짜리 지폐가 몇 장 놓여 있었다.

아영이 조심스럽게 메모장을 읽었다. 둥근 글씨체와 말투를 보니 엄마였다.

아영! 밥이랑 국 다 해놨으니까 아침 꼭 챙겨 먹고 가. 국이랑 반찬 냉장고에 있어. 전에 말한 대로 엄마랑 아빠 둘 다 며칠 바쁠 거야. 미안하지만 저녁은 지담이랑 사 먹으렴. 미안해. 그래도 사랑해, 우리 딸.

엄마의 메모 밑으로 필기체에 가까운 아빠의 손글씨도 보였다.

민아영! 끼니는 거르지 말고 꼭 챙겨 먹어. 볶음밥 소분해 얼려뒀으니까 데워 먹고. 다녀올게.

"……이게 뭐야?"

가만히 메모를 읽는 아영의 검은 눈동자가 연신 흔들렸다.

교실 문을 여는 아영의 몸이 무거웠다. 힘겹게 걸음을 옮겨 자리에 앉았다. 아침부터 몹시 피곤했다.

아영이 옆자리를 돌아보았다. 늘 먼저 와 기다리던 세라가 보이지 않았다. 다른 아이들과 이야기하는 모양이었다. 자리에 앉아 세라가 올 때까지 기다렸다.

금방 세라가 다가와 인사를 건넬 거라고 생각했다. 아무리 기다려도 세라가 오지 않았다. 아직 등교하지 않은 건가 싶어 휴대폰을 꺼냈다. 그 순간 맨 앞자리에서 혼자 멀뚱하게 앉아 있는 세라를 발견했다.

아영이 세라에게 다가갔다. 주변에서 동요가 일어나는 것이 느껴졌다. 최대한 무시하고 세라에게 말을 건넸다.

"세라야, 왜 여기 앉아 있어?"

세라가 귀에 꽂혀 있던 이어폰을 빼며 아영을 돌아보았다. 눈이 마주치자마자 소름이 돋았다. 아영을 바라보는 세라의 눈동자가 몹시 매서웠다. 주변에서 두 사람의 상황에 잔뜩 긴장하고 있었다.

도대체 무슨 일인지 이해할 수 없어 아영의 눈이 휘둥그레졌다.

"왜 여기 앉아 있냐고? 지금 비꼬는 거니? 야, 민아영. 내가 분명히 말했을 텐데? 앞으로 아는 체하지 말라고. 너의 그런 순진한 척 위선적인 모습, 이제 진짜 질려."

그토록 예쁘다고 생각한 세라의 눈동자가 섬뜩했다. 세라의 날카로운 말이 아영의 가슴에 날아와 박혔다. 어쩔 줄 모르겠는 아영이 손을 바르르 떨었다. 마침 주변에 있던 나희가 아영을 다른 곳으로 데리고 갔다.

어리둥절한 아영이의 검은 눈동자에 더 곤란해하는 나희의 하얀 얼굴이 맺혔다.

"갑자기 왜 그러는 거야?"

그 질문을 건네고 싶은 사람은 아영이었다. 아영이 최대한 조심스럽게 되물었다.

"왜 그러냐니?"

"두 사람 그 일이 있고 나서 남보다 못한 사이가 됐잖아. 정확히 말하면 세라가 널 일방적으로 싫어하는 거지만. 어제까지 너도 세라와는 눈도 마주치지 않았잖아."

나희가 무슨 말을 하는지 도통 이해할 수 없었다. 그 일이라니? 세라가 자신을 싫어한다고? 자신도 세라와는 눈도 마주치지 않을 정도로 피했다고? 믿을 수 없었다.

또 다른 가능성의 세계에 온 걸 환영해.

순간 이 세계는 자신이 알던 세계가 아니란 사실을 뼈저리게 깨달았다.

도대체 무슨 일이 있었던 거야…….

아영이 어찌할 줄 몰라 하는 나희를 돌아보았다. 과거에 세라와 무슨 일이 있었는지 물어보고 싶었지만 일단 나희를 안정시켜야 했다.

"어젯밤에 좋은 꿈을 꿔서 혹시 세라랑 화해할 수 있을까 했는데.

내가 너무 성급했나 봐."

다행히 나희가 이해한다는 듯 씁쓸한 미소를 지으며 아영의 어깨를 토닥였다.

형식뿐인 1교시가 시작되었다. 시끄럽게 떠들지만 말라는 암묵적인 약속 아래 아이들이 자유롭게 행동했다. 아영이 가방에서 무언가를 꺼냈다. 일기장이었다. 지담의 말도 있고 해서 챙겨왔다.

일기장 표지를 보자마자 놀랐다. 당연히 있어야 할 별자리가 그곳에 없었다. 검푸른 바탕인 것은 같았으나 게자리가 아니라 전갈자리가 수놓아져 있었다. 이 일기장은 아영이 작년 연말에 구매한 일기장이 아니었다.

떨리는 마음으로 일기장을 펼쳤다. 빼곡히 적혀 있는 글씨체는 자신의 것과 매우 비슷하지만 아영이 쓴 글이 아니었다. 익숙하면서도 낯선 글자와 문장을 읽어 내려가는 아영의 얼굴이 점차 무겁게 가라앉았다.

2

　하교하는 아영이 얼굴에 어두운 그림자가 졌다. 늘 재촉하던 세라가 옆에 없지만 아영의 발걸음이 빨랐다. 학교에서 일 초라도 빨리 벗어나고 싶었다. 입학할 때보다 학교가 더 낯설었다.

　막 교문을 나서는데 앞서 지나가던 아이들 발치로 무언가가 툭 떨어졌다. 주워주려는데 사탕 껍질이었다. 아영이 잠깐 고민하다가 말없이 그것을 주웠다.

　그대로 고개를 들었다. 얼굴 앞으로 무언가가 불쑥 들이밀어졌다. 시야 가득 노란 꽃이 맺혔다. 다들 씨앗이라고 생각하는 가운데 갈색의 작은 별 같은 진짜 꽃이 눈에 들어왔다.

　"아영아, 좋아해. 오늘도, 어제도. 당연히 내일도!"

　향긋한 미니 해바라기 뒤로 지담이 해맑게 웃었다.

　자신에게 닥친 일들을 모두 알고 있는 사람이 나타나서 안도가 된 걸까. 그것도 아니라면 이제껏 의지하던 사람이어서 그런 걸까. 지담을 보자 굳었던 아영의 얼굴이 순식간에 풀렸다. 저도 모르게 어리광이 튀어나왔다.

"지담이 오빠, 나 오늘 너무 힘들었어."

"응, 응. 이해해. 당연히 힘들었을 거야. 우리 자리 좀 옮길까?"

두 사람은 근처 카페로 이동했다.

아직 생각이 다 정리되지 않은 듯 열심히 눈동자를 굴리며 생각에 잠긴 아영이 앞에 유자차가 놓였다. 지담이 그 앞에 앉으며 테이블 위에 올려놓은 미니 해바라기 꽃다발을 물끄러미 바라보았다.

"반년 전에 저 꽃다발을 주면서 아영이한테 고백했는데. 그때 진짜 많이 긴장했어. 아영이가 고백을 받아줬을 땐 얼마나 행복하던지. 이 세계로 와서 정말 행복해."

아영이 고개를 들었다. 반쯤은 울 것 같은 표정이었다.

"지담이 오빠, 날 원래 세계로 돌려보내 줘. 오빠라면 가능하지?"

지담이 다정하지만 조금은 쓸쓸한 미소를 지었다. 이내 고개를 가로저었다.

"그건 안 돼. 그 세계의 내가 이곳으로 널 보낸 이유를 알 것 같으니까."

"이유를 알 것 같다고?"

두 사람의 시선이 허공에서 마주쳤다.

"아영이가 건우에게 가려고 했을 거야. 그 세계의 내가 그걸 막으려고 널 이곳으로 보낸 걸 테고. 아영아, 건우 선택하면 안 돼."

이전 세계에서의 지담과 똑같은 말에 아영이 움찔했다.

아니었다. 아영은 건우와 사귈 생각이 조금도 없었다. 고백이라면 거절하려고 했다. 아영은 건우의 마음을 받을 자격이 없었다. 아영이 제 손톱을 하염없이 더듬었다.

"그건 오해야……."

"이 세계에서 두 사람은 한 번 사귀었어. 서로 상처만 남기고 끝났지. 건우는 물론이고 아영이 단짝과는 남보다 못한 사이가 됐어. 그리고……."

지담이 말끝을 흐렸다. 아영도 굳이 묻어버린 그 말을 캐묻지 않았다. 지담의 말은 사실이었다. 가슴 속에 무거운 돌덩이 하나가 맺혀 있는 것 같았다. 아영이 검지와 엄지 사이를 눌렀다. 그래도 엉킨 듯한 느낌은 사라지지 않았다.

답답함에 아영이 고개를 들었다. 아영은 지담에게서 묘한 위화감을 느꼈다. 이 감각을 언젠가 느껴본 적이 있었다.

두 사람 사이에 침묵이 흘렀다. 잠깐 고민하던 지담이 좋은 생각이 떠올랐다는 듯 반색하며 말했다.

"아영이의 또 다른 가능성을 체험해 보는 건 어때? 바로 너의 삶이 되었을지도 모를, 네가 놓친 또 하나의 가능성을 말이야."

"내가 놓친 또 하나의 가능성?"

"실제로 이 세상은 수없이 많은 가능성의 세계로 이루어져 있어. 그 가능성의 세계들을 평행세계라고 불러도 좋아. 잠깐 꿈꾼다고 생각해. 꿈속에서 다른 평생세계의 너를 보고 있다고 말이야."

가능성의 세계, 평행세계, 꿈속……. 상상 속에서만 가능하다고 여긴 일들을 직접 겪고 있었다. 이제는 믿지 않을 수 없었다. 아영은 갑자기 마음이 들뜨기 시작했다.

지담이 그 순간을 놓치지 않고 말을 이었다.

"그래, 크리스마스 때까지 경험해 봐. 그때도 아영이가 원래 세계로 돌아가고 싶다면 크리스마스 선물이라고 치고 돌려보내 줄 테니까."

크리스마스까지 앞으로 일주일이 남아 있었다. 아영이의 눈이 반짝였다. 어릴 적 이불 속에 숨어 아빠 서재에서 몰래 빼 온 책을 펼쳐본 것처럼 설렜다. 일주일 정도라면 괜찮을 것 같았다.

그 순간 아영이 벌떡 일어섰다.

"이러고 있을 시간이 없어. 현우 간식 챙겨줘야 해!"

지담이 아영의 팔을 끌어당겨 자리에 도로 앉혔다. 다소 강압적일 수도 있는 순간이었으나 그 손길마저 다정했다.

"아영아, 이 세계에서는 현우 간식 챙겨줄 필요 없어."

아영의 고개가 한쪽으로 기울었다. 지담이 조금 안쓰럽다는 듯 가만히 아영의 머리를 쓰다듬었다.

"그것보다 잠깐 잊은 것 같은데 이 세계에서는 지금 아영이랑 나, 사귀는 사이다? 그러니까 늘 그랬듯이 데이트할 거야."

아영을 바라보는 지담의 표정이 어느 때보다 부드러웠다.

이후 시간은 온전히 지담이 이끌었다. 완벽하게 아영이 좋아할 만한 것들로 시간을 가득 채웠다. 지담은 활기차면서도 섬세하고 부드러웠다.

지담이 오빠는 사귀는 상대에게 이토록 다정하구나.

자신이 알던 모습과 비슷하면서도 다른 지담이었지만 아영의 마음이 점차 편안해졌다.

혼란하고 어둡던 아영의 얼굴이 시간이 지날수록 맑게 갰다. 지담과 함께라면 정말 괜찮을 것 같았다.

밤이 깊어서야 데이트가 끝이 났다. 두 사람이 아영의 집 대문 앞에 서서 마주 보았다.

"고마워."

아영이 한결 개운한 표정으로 미소를 지었다.

"아영이가 웃어주기만 하면 난 무엇이든 할 수 있어. 그러니까 이 정도로 고마워하지 않아도 돼."

"그래도 고마워. 엄밀히 말하면 다른 사람인데다가 나 때문에 이 세계 아영이랑 헤어졌는데. 이런 나에게도 다정하게 대해 주어서."

"그런 말 하지 마. 아영이는 아영이니까. 난 모든 아영이가 좋아. 아영이가 상상하는 것보다 훨씬 많이."

지담의 시선이 조금 멀었다. 그 시선에서 아직 아영이가 알지 못하는 무언가가 있다는 사실을 느낄 수 있었다. 하지만 묻지 않았다.

아영이 시간을 확인하더니 서둘러 지담을 보냈다.

"너무 늦었다. 지담이 오빠, 조심히 들어가."

"바로 뒷집인걸. 그래, 아영이도 조심히 들어가. 자기 전에 전화할게."

지담이 폴짝폴짝 뛰면서 손으로 전화하는 시늉을 했다. 그러더니 모퉁이 뒤로 사라졌다.

아영이 잠시 기다렸다. 예상한 대로 지담이 곧 모퉁이에서 껑충 뛰어나와 손을 세차게 흔들었다. 아영도 힘껏 양손을 흔들며 화답했다. 두 사람이 넘치도록 충분히 인사를 나눈 다음에야 지담이 모퉁이 뒤로 완전히 사라졌다.

3층까지 계단을 오르는 발걸음이 제법 가벼웠다. 아영이 현관문을 열며 외쳤다.

"다녀왔습니다! 늦어서 미안⋯⋯해."

집안이 고요했다. 아무리 겨울이라지만 썰렁한 기운이 돌 정도였다. 작은 온기조차 없었다.

아영이 냉장고에 붙어 있는 가족 캘린더를 확인했다. 엄마는 일주일간 해외 출장, 아빠는 2박 3일 동안 전국 북토크 및 사인회라고 적혀 있었다. 돌아오는 건 아빠는 내일, 엄마는 나흘이나 뒤였다. 두 사람이 동시에 집을 비우는 일은 흔치 않았다. 적어도 한 사람은 남아 아침만큼은 꼭 챙겨주었다.

아니, 아니었다. 예전에는 두 사람이 자신을 데리러 오기를 한없이 기다리는 일이 제법 흔했다.

아영이 동요하는 마음을 최대한 진정시켰다. 조금 전 지담과 즐거웠던 일들을 떠올리며 좋지 않은 감정들을 지웠다.

방으로 들어가 안정제인 아빠의 그림책을 찾았다. 어디에도 없었다. 거실 책장을 살폈다. 가장 잘 보이는 곳에 비슷하면서도 다른 세 권의 그림책이 꽂혀 있어야 하는데 같은 제목의 그림책 두 권밖에 보이지 않았다.

일단 보이는 책을 뽑아 들고 찾던 책을 계속 찾았다. 책장을 아무리 뒤져도 보이지 않았다. 혹시나 하는 마음에 아빠 작업방도 들어가 보았지만 어디에서도 보이지 않았다.

방으로 돌아와 손에 들려 있는 그림책을 살폈다. 양장으로 된 표지 끝이 많이 헤져 있었다. 아영이 제목을 눈으로 읽었다. 『일곱 색깔 나라와 꿈』. 작가명에 아빠와 엄마의 이름이 함께 적혀 있었다. 이 책도 좋아하는 책이었지만 최근 아영이가 안정제로 여기는 그 책은 아니었다.

일기장을 펼쳐 들고 아영이 잠시 망설였다. 자신의 일기장이 아닌데 이곳에 일기를 써도 될지 고민했다. 그러다 펜을 들고 빼곡하게 일기를 써 내려갔다. 잠깐 바뀐 사이에 일어난 일들을 하나도 빠짐없이 남겨 두어야 했다. 기록. 그것이 일기장의 존재 이유이자 가장 큰 목적이었다.

마지막 문장을 완성하고 일기장을 덮었다. 게자리가 아닌 전갈자리가 수놓아진 표지가 낯설었다.

낯선 건 표지뿐만이 아니었다. 주변과 동화되지 못하고 혼자만 붕 뜬 것 같은 이질적인 감각에 자꾸만 신경이 곤두섰다. 어제만 해도 사이가 좋던 단짝과 남보다 못한 사이가 된 사실에 슬펐다. 챙겨 주어야 할 존재가 있는데도 무시하고 내버려둔 것 같은 마음에 괜한 죄책감도 들었다.

아영의 시선이 천천히 책상 한쪽 구석으로 향했다. 표정이 한없이 어두워졌다. 그 순간 휴대폰 벨이 울렸다.

"여보세요, 지담이 오빠?"

"아영이의 수면제입니다! 일기는 다 썼어? 침대에 잘 누워 있지? 늘 그랬듯이 잠이 오면 바로 잠들면 돼. 아영이가 맘 편히 푹 자는 게 날 도와주는 거니까."

위화감으로 가득한 이 세계에서 안정감을 주는 존재가 있다는 사실이, 이곳에 있어도 된다고 말해주는 존재가 있다는 사실이, 큰 위로가 되었다.

밤에 휴대폰을 통해서 전해지는 지담의 목소리는 의외로 나긋했다. 여전히 밝고 활기찼지만 조금도 부담스럽지 않았다. 기분 좋게 긴장감을 풀어주고 걱정을 녹여주었다.

지담의 목소리를 가만히 듣고 있던 아영이 까무룩 잠에 들었다.

오랜만에 어린 시절 꿈을 꾸었다.

외동으로 태어난 아영은 어리광이 많지만 이해심도 많은 아이였다. 엄마와 아빠가 곁에 있을 때면 떨어지지 않으려 응석을 부렸지만 두 사람의 바쁜 일정을 어린 나이에도 이해해 주었다. 자기를 내버려두고 일하러 가는 엄마와 아빠를 탓하지 않고 투정 하나 없이 잘 놀았다.

정작 어리광을 부려야 할 때 얌전했기 때문일까. 부모는 아영을 혼자 두고 일하러 가는 날이 많아졌다. 당연히 아영의 외로움이 커졌다. 불쑥 튀어 오르는 외로움에 잡아먹히지 않을 수 있었던 건 모두 지담이 덕분이었다.

지담과 처음 만난 건 고작 세 살 때였다. 어린이집에서 만난 세 살 위의 지담이 아영을 친동생처럼 귀여워했다. 마침 앞집과 뒷집 사이라는 사실을 알고 나서 아영을 더 아껴주었다.

엄마와 아빠가 바빠 하원이 힘들 때면 당연하다는 듯 지담네 아줌마가 대신해 주었다. 아영은 엄마나 아빠가 일을 끝내고 데리러 올 때까지 지담과 함께 시간을 보냈다.

지담은 아영이 조금이라도 외로울까 봐 최선을 다해 놀아주었다. 총과 칼을 들고 함께 전장을 누비기도 하고 공주님이 되어 어여쁘고 멋진 옷을 하루에도 몇 벌씩 갈아입기도 했다. 애니메이션을 보며 목청껏 소리를 지르기도 하고 블록을 쌓으며 하나의 세계를 창조하기도 했다. 자신의 아버지가 일찍 집에 오기라도 하면 아영을 데리고 다급히 놀이터로 향했다. 혹 술에 취한 아버지가 아영을 해코지할까 봐 전전긍긍 지켜주는 모습이 고맙고 미안했다.

어린 시절 아영의 세상은 온통 지담이었다.

지담이만 있다면 외롭지 않았다. 무서운 것도 없었다. 하염없이 엄마와 아빠를 기다리지 않았다. 매일 지담과 무얼 하며 놀까 하는 즐거운 생각으로 머릿속이 가득했다.

두 사람만의 세계가 확장된 계기는 건우네의 이사였다. 아영은 지금도 건우와의 첫 만남을 또렷하게 기억하고 있었다.

아영이 열 살 때였다. 아침부터 누군가가 이사 온다고 온 골목이 난리였다. 다들 주택보다 아파트를 선호했기에 이사를 가는 사람은 있어도 이사를 오는 사람은 흔치 않았다.

누가 이사 오는지 궁금하던 아영이도 집 밖으로 나가 보았다. 대문을 열자마자 그 앞에 서 있던 또래 남자아이와 눈이 마주쳤다. 어린 건우가 위로 쭉 찢어진 눈매로 화가 난 듯 아영을 노려보았다. 당황했지만 아영이 밝게 웃으며 말했다.

만나서 반가워. 나는 아영이야, 민아영. 오빠는 이름이 뭐야?

강건우.

아영의 밝은 미소가 무색하게 건우가 세상 무뚝뚝하게 대답했다. 무거운 말투가, 날카로운 표정이 무서웠다. 아영이 그 사실을 숨기기 위해 더욱 밝게 웃었다.

강건우? 그러면 건우 오빠네!

아영은 건우에게 어디에서 왔는지, 왜 이곳에 왔는지, 나이는 몇 살인지 등등을 물어볼 생각이었다. 아영이 묻기도 전에 건우가 고개를 돌리고는 가버렸다. 아영은 아무것도 물을 수 없었다.

그때 지담네 아줌마도 구경하러 나왔다가 예상하지 못한 얼굴을 발견하고 반색했다.

건우네 아줌마는 어릴 때 이곳에서 살았다. 크면서 자연스럽게 고향을 떠났지만 몸이 안 좋아지면서 계속 이곳이 생각나 돌아왔다고 했다. 지담네 아줌마가 반가워하면서 슬퍼했다.

아영이 건우와의 첫 만남을 또렷하게 기억하는 이유는 건우의 표정 때문이었다. 아이답지 않게 무표정한 얼굴에서 아영은 지담네 아줌마보다 더 슬픈 감정을 읽었다.

다음 순간 화면이 꺼졌다. 어둠 속에서 빗소리가 들렸다. 그날의 꿈이었다.

안 돼.

진행될 이야기를 이미 모두 알고 있었다. 아영이 필사적으로 몸을 흔들며 그날의 꿈을 거부했다.

눈을 번쩍 떴다. 땀이 범벅이었다. 아영이 주변을 둘러보더니 가슴을 쓸어내렸다.

겨우 진정한 아영이 책상 위에 놓아둔 일기장을 확인했다. 검푸른 바탕에 수놓아진 전갈자리가 반짝였다. 어둠 속에서 검은 눈동자가 하염없이 일렁였다.

3

어린 시절로 돌아간 것 같았다. 며칠 만에 아영의 세계는 온통 지담이 되었다.

아침에 지담의 모닝콜로 하루를 시작해 지담과 무엇을 할지, 어디를 갈지 하는 생각으로 하루를 보냈다. 세라와는 사이가 완전히 틀어졌지만 아영은 나희네 그룹에서 그럭저럭 잘 지냈다. 학교가 끝나면 지담과 만나 밤이 깊을 때까지 함께 보냈다. 밤에는 어김없이 지담의 목소리로 하루를 마감했다.

이런 일상도 나쁘지 않았다. 오히려 즐거웠다. 지담만 옆에 있다면 아무 걱정 없이 마음 놓고 웃을 수 있었다.

"오늘 돌아오는 날이지?"

나희의 말에 아영이 고개를 한쪽으로 기울었다. 나희가 잠깐 아영의 눈치를 살피더니 말을 이었다. 뺨에 숨기지 못한 홍조가 흔흔히 맺혔다.

"전지훈련 갔던 운동부 말이야. 우리 학교 운동부 전체가 합동훈

련으로 제주도로 갈 수 있었던 게 다 강건우 선배가 세계육상대회에서 수상했기 때문이라며? 운동부 애가 그러더라. 말이 훈련이지 포상 휴가였다고."

아영의 눈이 커졌다. 원래 살던 세계에서 건우는 고질적인 발목 부상으로 세계육상대회에 출전조차 하지 못했다.

이쪽 세계에서의 삶이 익숙해진 줄 알았다. 이따금 다른 부분을 맞닥뜨릴 때마다 떨리는 심장은 어찌할 수가 없었다.

학교가 소란해졌다. 아이들이 우르르 창문에 붙었다. 아닌 척 아영이도 창문으로 다가갔다.

그리고 목격했다. 비록 거리가 멀었지만 아영은 건우를 확실하게 보고 말았다.

버스에서 내려 다른 육상부 선수들과 함께 학교 건물로 들어오고 있는 건우는 첫 만남 때보다 무표정했다. 아니, 눈매가 더 날카로워져 있었다. 아니, 눈매뿐만이 아니었다. 인상이 너무 매섭고 차가웠다. 심장이 둔탁하게 울렸다. 아영은 매우 슬펐다.

순간 건우가 아영이 있는 교실 쪽으로 고개를 돌렸다. 꼭 눈이 마주친 것 같아 아영이 깜짝 놀랐다.

더는 바라보기가 힘들어 고개를 돌리는데 뒤에 서 있던 세라와 부딪혔다. 아영을 바라보는 세라의 표정이 비릿했다.

"왜? 다른 사람이랑 사귀고 있어도 건우 선배한테 미련이 철철 넘쳐 안 되겠니?"

아영이 세라를 멀뚱히 바라보았다. 억울한 감정이 목 끝까지 차올랐지만 아영은 끝까지 내뱉지 않았다.

세라가 오른쪽 입꼬리만 올리며 말했다.

"건우 선배를 버린 건 너잖아. 그래 놓고선 피해자인 척 굴더니. 지금 너랑 사귀는 사람이 불쌍하다. 너가 위선적인 애라는 걸 아직도 모르고 속고 있잖아."

무슨 일이 있었는지 아영은 이 세계 아영의 일기를 통해 이미 알고 있었다. 더 이상 세라에게 다가가지 않은 이유도 그 탓이었다.

깨달았다. 지담이 계속 건우를 선택하면 상처받는다고 한 말의 의미를.

"누구 때문에 헤어졌는데?"

"어머, 내 탓이라는 거야?"

이번에도 하고 싶은 말이 목 끝까지 차올랐지만 아영은 끝까지 내뱉지 않았다. 자신에게 그 말을 할 권리는 없었다. 그 일은 엄연히 이 세계 아영이에게 일어난 일이었다.

세라가 아영을 지나쳐 창가에 바싹 붙었다. 시선이 건우에게 고정되었다.

"건우 선배는 걱정 마. 내가 다 챙겨줄 테니까."

두 사람 사이에 끼어들 권리가 자신에게 없었다. 이 세계에서 건우와 '아영'은 전남친과 전여친 사이일 뿐이었다. 아영이 애써 세라에게서 시선을 돌렸다. 여전히 심하게 뛰는 심장을 모른 척하며 자리로 돌아왔다.

편의점에서 따뜻한 커피를 마시며 아영과 지담이 몸을 녹였다. 캔을 뺨에 비볐다. 아영의 표정이 이제야 살겠다는 듯 한순간에 풀어졌다.

아영을 가만히 바라보던 지담이 커피를 한 모금 마시며 담담하게 말했다.

"아버지가 내일 온대. 크리스마스이브니까 선물 챙겨주겠다고. 다 큰 자식한테 무슨 크리스마스 선물이야. 됐다고 하는데도 말을 안 들어."

"아저씨가 온다고? 지담 오빠, 괜찮아?"

아영이 깜짝 놀라 지담을 돌아보았다. 지담이 태연하게 말을 이었다.

"괜찮을 건 또 뭐야? 같이 밥 한 끼 먹고 헤어질 건데. 뭐, 또 헤어져야 한다는 건 조금 슬프지만."

지담의 안색을 살폈다. 물론 지담이 아영이 앞에서 속내를 숨긴 적도 많지만 그때와는 달랐다. 부모가 이혼한 상태인 건 같았으나 원래 세계에서와 달리 친아버지와의 관계에 크게 문제가 없어 보였다.

순간 눈앞에 있는 지담이 이제껏 자신이 알던 지담이 아니란 사실이 떠올랐다. 잠시 잊고 있었다. 지담에게서 강한 위화감이 느껴졌다.

"!"

아영은 이 감각을 알고 있었다. 과거에도 지담이에게서 이 느낌을 받은 적이 있었다.

지담이 막 고등학교에 입학했을 무렵이었다. 운동을 시작한 건우 몫을 더해 더 자주 함께 등교했는데 학교 방향이 달라져 더는 함께 등교할 수 없게 되었다. 아영이 몹시 실망했다.

원래도 지담은 활기차고 다정했다. 평소처럼 골목 끄트머리에서 기다리고 있는 지담에게 다가갔다. 아영을 바라보며 활짝 웃는 지담은 평소보다 더 활기찼다.

지담이 오빠? 무슨 일 있었어?

아니, 그런 거 전혀 없어. 그냥, 아영이 얼굴 보니까 좋아서.

아영을 보자마자 불쑥 안으며 웃는 지담에게 아영은 강한 위화감을 느꼈다. 그 위화감은 금방 잊혔다. 고등학생이 된 지담이 평소 입던 잿빛 교복이 아닌 새로운 빛깔의 교복을 입고 있어서 그런 것이라고 생각했다.

과거를 회상하며 그리움으로 일렁이던 아영의 눈동자에 일순 파문이 일었다. 깨달았다. 그때 느낀 그 위화감은 잠깐 사라졌다가 돌아온 건우에게서 느낀 감각과 매우 비슷했다.

아영이 고개를 들고 눈앞에 있는 지담을 돌아보았다.

그날 이후 지담이 변했다. 눈에 띄는 변화는 아니었지만 지담은 더 이상 참지 않았다.

이전 지담은 아버지가 어머니에게 폭언을 할 때마다 가만히 듣고 참기만 하였다. 고등학생이 된 지담은 곧바로 아버지와 어머니에게 부당함을 알렸다. 지담네 아주머니가 이혼할 결심을 하게 된 결정적인 계기도 지담의 말 덕분이라고 하였다.

부모가 헤어지는 걸 온전히 좋아하고 반기는 자식은 없다. 아버지와 헤어진 후 지담은 몹시 개운한 표정을 지었다.

그 모습에 아영이도 용기를 내었다. 한 번도 부모에게 싫은 소리를 하지 않던 아영이 외로웠다고 자신의 속마음을 솔직하게 고백했다. 아영을 안고 엄마가 엉엉 울었다. 아빠도 우는 아영이의 등을 다독이며 사과했다. 세 사람이 뒤엉켜 밤새 울고 다독였다.

그날 이후 한 번씩 번갈아 부모가 집을 비운 적은 있어도 두 사람이 한꺼번에 집을 비우는 일은 없었다.

"아영아, 우리 크리스마스 때 뭐 할까? 레인보우랜드에 갈래? 어쩌면 티켓 구할 수 있을 것 같은데. 무지개 티켓으로 말이야."

지담의 말에 현실로 돌아왔다. 지담이 아영을 바라보며 미소를 지었다. 그 미소가 가슴이 시릴 정도로 다정했다.

애초에 크리스마스 때까지만 이곳에 있기로 했다. 크리스마스까지 이틀이 남아 있었다. 이제야 겨우 적응했는데, 라고 아영이 작게 읊조렸다.

눈앞에서 지담이 여전히 다정하게 미소를 짓고 있었다. 아영의 까만 눈동자가 부드럽게 가라앉았다.

"그래, 가자. 아영이랑 나, 둘이서 간 적 한 번도 없잖아. 크리스마스니까 퍼레이드도 분명 성대할 거야!"

아영이 원래 세계에서의 일을 떠올렸다. 왠지 그곳에 가면 그때 일이 또 반복될 것 같았다. 아영이 부정도 긍정도 하지 않고 가만히 미소만 지었다.

"레인보우랜드 싫어, 아영아?"

"아니, 그게. 그날 레인보우랜드 가면 사람 엄청 많을 것 같아서. 줄도 엄청 길 테고."

"사람이 많아서 싫다면 사람이 없을 만한 곳으로 가자."

지담이 무슨 생각을 하는지 즐거워 보였다. 아영이 남은 커피를 들이켰다. 허공을 가만히 바라보는 아영의 표정은 퍽 복잡했다.

오늘도 어김없이 지담이 집 앞까지 아영이를 데려다주었다. 그 앞에서 헤어지지 못하고 한참을 머뭇거렸다.

그때 누군가가 천천히 달리며 골목을 가로질렀다. 검은색 트레이닝복 재킷 후드를 뒤집어쓰고 있어 얼굴을 제대로 보지 못했지만 아영은 누군지 알 수 있었다. 입고 있는 옷은 언젠가 덧입으라고 자신에게 던져 준 그 옷이었다.

건우가 두 사람에게 아는 체도 하지 않고 스쳐 지나갔다. 지담도 건우를 불러 세우거나 인사하지 않았다. 모르는 사람인 것처럼 서로를 대했다.

"아영아, 이제 들어가. 자기 전에 전화할게."

지담이 아영의 머리를 쓰다듬더니 골목 끝으로 총총 걸어갔다. 아영을 향해 손을 흔들며 인사하더니 모퉁이 뒤로 사라졌다.

아영이 시선을 떼지 않았다. 지담이 모퉁이 뒤에서 뿅 하고 나타
났다. 조금 전보다 더 힘차게 팔을 내저었다. 아영이도 팔을 힘껏
흔들었다.

지담이 모퉁이 뒤로 완전히 사라졌다. 아영이 그제야 몸을 돌려
집으로 들어갔다.

집에는 오랜만에 엄마와 아빠가 모두 집에 있었다. 해외 출장에
서 엄마가 돌아왔다. 거실 소파에 앉아 사랑을 나누는 두 사람을 보
니 그리운 감정이 밀려들었다.

"다녀왔습니다."

"어서 와, 아영. 엄마가 선물 사왔어. 아영이 좋아하는 덴마크 초
콜릿!"

"일찍 다녀."

"……응, 알았어. 나 좀 피곤해서 그런데 먼저 들어갈게."

아영이 방에 들어가 문을 닫았다. 다리에 힘이 풀린 듯 바닥에 털
썩 주저앉았다. 아영이 심장을 부여잡았다. 심장이 연신 두근거렸
다. 아영이 무릎에 얼굴을 묻었다.

또 과거 꿈을 꾸었다. 건우네가 이사 온 직후의 꿈이었다.

지담이 동생이 둘이나 더 생겼다고 이번엔 남동생이라며 즐거워
했다. 아영이도 오빠와 남동생이 생긴 것 같아 기뻤다.

지담은 누가 뭐래도 든든하고 온화한 큰오빠였다. 거의 평생을 함께해 온 지담과는 앞으로도 평생을 함께할 것이라 믿어 의심치 않았다.

첫인상과 달리 건우와는 빠른 속도로 친해졌다. 무뚝뚝하고 조금은 까칠한 성격 탓에 지담과 달리 투덕거리는 일도 많았지만 자신을 향한 애정만큼은 지담에게도 지지 않는다는 사실을 아영은 느낄 수 있었다.

초등학교 5학년 때였다. 아영은 그날을 잊지 못했다.

건우 오빠가 왜 여기 있어?

너 오늘 발표회 있잖아.

현우 데리러 가야지? 이제 곧 하원할 시간이잖아. 오빠가 안 가면 하루 종일 유치원에 있어야 하는 거 아니야?

하루 정도는 괜찮아. 어젯밤에 말 안 들어서 오늘 데리러 가지 않을 거라고 얘기해 뒀어.

그렇다면 더더욱 빨리 가줘야지. 현우 엄청 불안해하고 있을 텐데.

됐어. 가면 거짓말쟁이가 되잖아.

피아노 학원에서 개최한 작은 발표회가 있던 날. 가족에게도 말하지 않은 사실을 건우가 어떻게 알고 아영을 보러 와주었다. 현우에게 미안하지만 아영은 무척 기뻤고 고마웠다.

그것보다 자, 이거.

건우가 아영이에게 무언가를 건넸다. 아영이 확인하고 놀라 건우를 돌아보았다.

전에 이런 거 갖고 싶다고 했잖아. 그냥 이거 너 가져.

어? 하지만 이건……

피아노 연주, 실수하지 말고 잘하라고.

건우가 밝게 웃었다. 건우가 미련 없이 객석으로 돌아갔다. 아영이 제 손에 쥐어진 그것을 내려다보았다. 용맹해 보이는 로보트가 한쪽 손을 당당하게 들고 있었다.

그건 건우네 아줌마가 건강하던 시절 마지막으로 건우에게 사준 선물이었다. 그리고 로보트는 아영이 건우에게 처음으로 받은 선물이 되었다.

고마움과 든든함에 긴장을 잊었다. 피아노 연주를 실수 없이 무사히 끝냈다. 관객을 향해 인사를 하다가 건우와 눈이 마주쳤다. 그날 아영을 향해 웃어주던 건우의 미소를 아영은 잊을 수 없었다. 아영은 오직 자신에게만 보여주는 건우의 눈부신 미소를 참 좋아했다.

어느 순간 건우는 아영에게 작은오빠와도 같은 존재가 되었다. 아영은 건우가 없는 삶을 상상할 수 없었다.

건우가 중학교에 올라가자마자 육상부에 들어갔다. 늘씬한 체격에도 단단한 몸과 큰 키, 남다른 피지컬을 유심히 살펴본 체육 선생님의 권유였다. 훈련은 힘들었지만 건우는 분명 달리는 것을 즐거워하고 있었다. 아영은 진심으로 건우를 응원했다.

눈꺼풀 아래로 비가 내리기 시작했다. 아영의 심장이 빠르게 뛰었다.

왜 이제 와?

하염없이 내리는 비를 등지고 지금보다 앳된 건우의 얼굴이 맺혔다. 안 돼, 그렇게 말하지 마. 하지 말라고! 아영이 애절하게 소리쳤지만 꿈속 누구에게도 아영의 목소리가 닿지 않았다.

"헉, 헉……."

아영이 겨우 눈을 떴다. 빨라진 호흡을 진정시켰다. 아영이 습관적으로 책상 위를 더듬어 안정제를 찾았다. 어디에도 보이지 않았다. 있을 리가 없었다. 이 세계에서 아영의 안정제는 처음부터 만들어지지 않았다.

불현듯 아는 체도 하지 않고 스쳐 지나가던 건우의 옆얼굴이 떠올랐다. 날카로운 눈매에서 하염없이 큰 슬픔을 느꼈다.

아영이 벌떡 일어났다. 곧바로 책상 한쪽 구석을 확인했다. 그러더니 허겁지겁 옷장 가장 아래 서랍을 열었다. 그곳에서 은하수가 그려진 철제 틴케이스를 꺼냈다. 천천히 뚜껑을 열었다. 손끝이 달달 떨렸다.

틴케이스 안은 새하얀 솜뭉치로 가득했다. 솜뭉치를 조금 파냈다. 솜뭉치 속에서 한 쪽 팔을 들고 위풍당당하게 누워 있는 로보트가 나왔다. 아영이 가지고 있던 로보트보다 훨씬 깨끗했다.

원래 세계에서 로보트는 아영의 책상 위에 세워져 있었다. 아영은 일기를 다 쓰고 스탠드 불을 끌 때마다 로보트와 눈을 마주치며 가만히 미소를 짓곤 했다. 그건 자신의 마음을 억누르는 의식이었다.

아영은 어둠 속에서 오래도록 로보트를 바라보았다.

4

지담과 아영이 바삐 걸었다. 다행히 크리스마스 당일은 많이 춥지 않았다. 지담과 맞잡은 손이 참 따스했다.

아영이 고개를 들어 지담을 바라보았다. 눈이 마주쳐서 당황한 것도 잠시, 아영을 바라보는 지담의 눈길이 무척 다정했다. 지담이 아영의 손을 잡고 지하철 역사 안으로 이끌었다.

지하철을 타고 가는 동안 지담이 어제 아버지와 있었던 일들을 빠짐없이 아영이에게 보고했다. 맞잡은 손은 한순간도 떨어지지 않았다. 고작 밤사이 헤어져 있었을 뿐인데 아영을 향한 지담의 마음이 더 깊어져 있었다.

아니, 어쩌면 오늘이 크리스마스여서 그럴지도.

아영이 지담을 향해 끊임없이 미소를 지었다. 설령 미소 끝이 조금 일그러질지라도 아영은 멈추지 않았다.

역에서 내려 목적지도 모른 채 십여 분을 걸었다. 마침내 지담이 한 곳을 가리켰다. 지담의 손끝에 육중한 건물이 위풍당당하게 서 있었다. 건물에 붙은 '빛알 전시' 현수막 아래로 제법 많은 사람들이 드나들었다.

처음 와 보는 동네였고 낯선 장소였다. 아영이 주변을 자꾸만 두리번거렸다. 지담이 앞으로 다가와 몸을 숙여 아영이와 눈높이를 맞추었다.

"우리 동아리에서 주최하는 전시야. 아마추어 학생들이 한 거라서 사람이 많지 않을 거야. 고작해야 가족, 지인들 정도. 아마 여기 보이는 사람들은 다른 전시장에 가는 사람들일 거야. 자, 여기 주최자끼리 나누어 가진 티켓."

지담이 아영이에게 티켓 한 장을 건넸다. 직사각형 종이 위에 무수히 많은 별들이 반짝였다.

"특별한 날이니까 특별한 곳으로 데려가고 싶었는데. 이런 곳이라서 미안해."

아영이 고개를 세차게 저었다. 이곳만큼 특별한 장소는 없었다.

두 사람이 전시 공간으로 들어섰다. 지담을 알아보고 순식간에 많은 사람들이 모여들었다. 연상의 낯선 사람들이 주변을 둘러싸자 사람을 좋아하는 아영이도 몸이 굳었다.

지담을 돌아보았다. 지담은 낯선 사람들 사이에서 편안해 보였다. 당연했다. 이곳에 모인 사람들은 지담이에게는 익숙하고 친숙한 사람들이었다.

이곳은 아영이 모르는 완벽한 지담의 세계였다.

"지담이 여친분, 재밌게 구경해요."

"아영이도 왔구나? 어서 와."

"감사합니다. 재밌게 볼게요."

"가자, 아영아. 내가 다 설명해 줄게."

점차 멀어지는 사람들 사이에서 미소가 피어올랐다. 아영은 지담 세계 사람들에게 자신의 존재를 인정받은 것 같았다. 그 느낌이 싫지 않았다.

"근데 지담이 오빠, 천문동아리였어?"

"뭐야, 그것도 얘기 안 했어? 동아리에 가입 안 했을 리가 없는데. 학기 초에 바로 가입했어. 별 좋아하는 우리 아영이한테 잘 보이려고."

지담이 아영을 바라보며 싱긋 웃었다. 조도를 낮춘 전시관 빛에 지담의 노란 머리가 은은하게 빛났다.

아영과 지담이 전시 공간을 천천히 둘러보았다. 지담의 상세한 설명이 더해질 때마다 아영의 눈이 별처럼 반짝였다. 지담의 얼굴에 점차 기쁨이 번졌다.

대부분 스마트폰으로 찍은 사진들로 구성되어 있었다. 이따금 망원경으로 찍은 사진도 포함되어 있었다. 구별이 잘 안될 정도로 화질이 비슷해 매우 놀랐다. 각종 별들의 관계와 생성 과정 등을 모형으로 만들어 설명해 주기도 하였다. 대학 동아리가 준비하였다고 하기에 수준이 매우 높았다.

"아영아, 너한테 전부터 물어보고 싶었던 게 있어."

한창 전시를 보고 있을 때 지담이 말했다. 아영이 전시에서 눈을 떼지 않고 대답했다.

"응. 뭔데? 뭐든 물어봐."

"아영이는 왜 별이 좋아?"

아영이 잠시 고민했다. 그러더니 눈동자를 반짝이며 신이 나서 말했다.

"꽃은 우리가 보낸 아름다운 순간이라고 생각해. 그래서 꽃이 누구에게나 어느 때든 아름다울 수 있는 거야."

아영의 표정이 순식간에 애틋해졌다. 아이처럼 해맑던 눈동자가 순식간에 깊어졌다.

"반면 별은 우리가 흘린 눈물이야. 난 별들이 밤하늘에서 아름답게 반짝이는 것처럼 우리가 흘린 눈물도 너무 슬프지 않기를 바라. 모두 아프지 않았으면 좋겠어. 그런 마음에 계속 별을 보다 보니까 좋아졌어."

지담이 조금 넋이 나간 얼굴로 아영을 바라보았다. 그러더니 자그맣게 '역시'라고 중얼거렸다. 아영이 지담을 돌아보았다.

"이상해?"

"아니, 엄청 아영이답다고 생각해. 그래서 좋아하는걸, 너를."

자신을 바라보며 다정하게 미소 짓는 지담의 표정이 새삼 부끄러웠다. 아영이 얼른 고개를 돌리고 딴청을 피웠다.

"지담이 오빠, 저거 설명해 줘."

"응. 이건 말이지."

아영은 한동안 지담의 설명을 제대로 듣지 못했다. 얼굴이 뜨거웠다. 난방 때문이 아니었다.

절반쯤 왔을 때 아영은 가장 멋진 전시물을 발견하였다. 전시물 제목을 읽었다.

"겨울 별자리."

검은 배경에 수많은 별이 수놓아져 있었다. 그 별들은 실제 겨울 밤 하늘에서 보이는 별들의 위치와 똑같았다. 그래서 꼭 겨울철 밤 하늘을 그대로 축소하여 옮겨놓은 것처럼 보였다.

아영은 수많은 별자리 중 게자리를 유심히 바라보았다. 찾는 것이 조금도 어렵지 않았다. 다른 별자리보다 유난히 밝았다.

"잘 구경하고 있나요, 아영 씨?"

그때 갑자기 한 남성이 다가왔다. '씨'라는 호칭이 익숙하지 않아 뱃속이 간질거렸다.

"아, 선배! 깜짝 놀랐잖아요."

지담이 그렇게 말하지 않았다면 누군지 알아보지 못했을 것이었다. 지담의 선배가 겨울 별자리를 자랑스럽게 가리키며 말했다.

"이거 지담이가 전담했어요. 자식, 생긴 것과 달리 엄청 섬세하죠? 저기 별과 별 사이 간격 비율, 실제랑 거의 차이 없을 거예요. 다른 것이 있다면 별자리 밝기 정도려나?"

선배 말의 뜻을 아영은 어렵지 않게 알아들을 수 있었다.

"이 자식, 엄청 옛날부터 아영 씨 좋아한 건 알고 있죠? 아영 씨 일이라면 뒤도 안 돌아보고 달려갈 녀석이에요. 이런 사람 또 없어요. 그러니 반드시 붙잡아요. 진짜 좋은 녀석이니까."

"감사합니다. 저도 알아요. 아, 전시도 다들 아마추어란 생각이 들지 않을 정도로 정말 멋져요."

아영이 지담을 살짝 올려다보았다. 웬일로 부끄러운지 지담이 눈을 마주치지 못했다. 그 모습이 귀여워 아영의 입가가 부드럽게 휘었다.

"아영아, 이제 저거 보자. 저건 내 동기가 한 건데."

서둘러 자리를 벗어나는 지담이에게 선배가 다가가 어깨를 툭툭 쳤다. 지담이 하지 말라면서도 얼굴에는 연신 미소가 번져 있었다.

마지막으로 한 번 더 지담이 만들었다는 '겨울 별자리'를 눈에 담았다. 유독 밝은 별자리 옆에서 희미하게 반짝이는 별자리가 눈에 들어왔다. 그 별자리를 한참 바라보다가 아영이 지담에게 다가갔다. 지담의 세계 사람들과 별들로 가득한 공간을 바라보는 아영의 표정이 무척 애틋했다.

아영이 만족스러운 얼굴로 전시장을 나섰다. 집에서 일찍 출발한 덕분에 아직 밝았다. 지담이 연신 사랑스러운 눈길로 아영을 바라보았다.

"괜찮았어?"

지담의 질문에 아영이 잔뜩 흥분하여 대답했다.

"완전! 별에 대해서 자세하게 알 수 있어서 정말 좋았어! 선명하게 찍힌 예쁜 별 사진을 볼 수 있어서도 좋았고. 고마워, 지담이 오빠. 이런 멋진 곳에 데려와 줘서."

"아니, 나야말로."

아영은 전시 관람의 여운에서 헤어 나오지 못했다. 새롭게 알게 된 별 이야기와 눈앞에 펼쳐진 아름다운 우주에 아영은 깊은 감동을 받았다.

지담이 한 계단 내려와 아영이 앞에 바로 섰다.

"저기, 아영아. 나 또 가고 싶은 곳 있는데."

"어딘데? 가자. 아니, 갈래. 가고 싶어."

아영은 흥분을 쉽게 가라앉히지 못했다. 정확히 가라앉히고 싶지 않았다. 끝내고 싶지 않았다. 서두르면 다른 곳 한 곳 정도는 더 들를 수 있을 것 같았다.

지담이 아영의 외투 단추를 잠그며 말을 이었다.

"꽃구경."

몇 해 전 지담, 건우, 현우와 다 함께 동네 개천 변에서 벚꽃을 본 일이 떠올랐다. 아영이에게 결코 잊지 못할, 잃고 싶지 않은 소중한 추억이었다.

특히 작년의 일은 더욱 소중했다. 부상으로 함께하지 못하는 건우 대신 지담이 고3 수험생인데도 기꺼이 시간을 내어 함께 해 주었다. 그날 반드시 입시에 성공하겠다고 떨어지는 벚꽃잎을 향해 외치던 지담의 당당한 얼굴이 생생하게 떠올랐다.

순간 토라진 건우의 얼굴이 스쳐 지나갔다. 아영이 고개를 절레

절레 흔들며 떨쳐냈다.

"늘 가던 벚꽃 구경, 작년엔 나 입시라고 못 갔잖아. 올해는 주말 내내 비가 내려서 못 갔고."

아영은 다시금 실감했다. 앞에 있는 지담은 그날 함께 벚꽃을 본 지담이 아니었다. 알고 있던 사실이었지만 아영은 조금 충격을 받았다.

이제껏 보아온 지담이 아닌 지담이 다정하게 말을 이었다.

"다가올 봄에. 둘이서."

아영이 놀란 눈으로 지담을 돌아보았다. 그 눈빛이 조금 슬펐다.

"꽃구경은 이 세계 아영이랑 보러 가. 난 크리스마스 때까지만이라고 오빠가 그랬잖아."

지담이 서둘러 아영을 붙잡았다.

"아영아, 힘들면 피해도 좋아. 원래 있던 세계보다 이 세계에서 아영이 너를 더 행복하게 만들어 줄 자신 있어. 그러니까 이 세계에 남아 있어도 돼. 아니, 이곳에서 나랑 함께해 줘."

"그러면 이 세계 아영은?"

"전에도 말했잖아. 난 모든 아영이가 좋아. 모든 아영이가 행복했으면 좋겠어. 어제도 오늘도 당연히 내일도 말이야. 내가 아영이의 피난처가 되어 줄게. 내가 다 막아줄게."

지담이 아영의 손을 잡았다. 겨울이지만 지담의 손은 무척 따스했다. 아영을 향해 짓는 지담의 미소도 다정했다. 지담과 함께라면 분명 즐거울 터였다.

일주일간 보아온 지담이었지만 아영은 강한 위화감을 느꼈다.

이제 참지 않으려고. 아영아, 너도 참지 마.

원래 세계에서 묘하게 변한 지담이 결심한 듯 말했다. 지담의 그 말 덕분에 아영이도 부모에게 자신의 속마음을 고백할 수 있었다.

눈물이 핑 돌았다. 알고 있었지만 눈앞에 있는 지담은 이제껏 보아온 지담과 전혀 다른 사람이었다.

난 시공간을 넘어서 왔어. 모든 걸 봤다고.

원래 세계에서 지담이 한 말이 떠올랐다. 시공간을 넘어왔다는 건 다른 가능성의 세계에서 왔다는 말이었다. 아영이 알고 있던 지담은 이미 한 번 다른 가능성의 세계에서 온 지담으로 바뀌었다.

같은 위화감을 그날 놀이터에서 건우에게도 느꼈다. 그건 건우도 다른 가능성의 세계에서 온 건우로 바뀌었다는 것을 의미했다. 그날 아영이 본 건우는, 이제껏 보아온 건우가 아니었다.

자신이 알고 있던 건우가 사라진 것이 아니었다. 이 세계 어딘가에 분명 존재했다. 그 사실에 아영은 마음속 깊이 안도했다.

찾아야 했다. 이제껏 아영이 보아온, 아영이 알고 있는 건우를.

"오빠, 보내 줘."

"아영아."

아영이 지담을 돌아보았다. 지담의 눈이 커졌다. 아영의 검은 눈동자가 몹시도 단단하고 깊었다.

"건우 오빠가 있는 곳으로. 이 우주 어딘가에 있을, 나와 같은 세계에서 살아가던 건우 오빠를 찾아서 함께 원래 세계로 돌아갈 거야."

지담이 아영을 끌어안았다. 떨리는 팔에서 다급함이 느껴졌다.

"안 돼, 아영아. 건우 선택하지 마. 선택하면 안 돼."

아영이 지담을 밀어냈다. 그 행동에 어떤 망설임도 없었다.

"이제 그 말은 됐어. 전에 지담이 오빠가 그랬거든. 더는 참지 말라고. 그래서 참지 않았더니 외롭지 않게 됐어. 그러니까 이번에도 지담이 오빠가 가르쳐 준 대로 참지 않을 거야. 아무것도 하지 않고 기다리기만 하는 건 이제 싫어."

지담이 무언가 말하려고 하였다. 아영이 미소를 지었다. 미소가 퍽 슬퍼서 지담은 아무 말도 할 수 없었다.

"오빠에게는 미안하지만. 그래도 내가 알던, 내가 계속 지켜본, 이제껏 함께한 건우 오빠를 찾고 싶어. 보고 싶어, 건우 오빠가. 무척 많이."

그것이 이제껏 참아 온 아영이의 진심이었다.

"지담이 오빠에게도 지담이 오빠가 좋아하는 이 세계 아영이를 돌려주고 싶어. 이 세계는 나의 세계가 아니야."

이 마음도 이제껏 묻어온 아영이의 진심이었다.

지담이 아영을 바라보았다. 일그러져 있던 미간이 서서히 풀어졌다. 지담이 한숨 같은 미소를 내뱉었다.

"역시 '아영'이는 못 당하겠네. 아마 널 좋아하는 마음이 커서 그렇겠지. 알았어. 그러니까 이제 집으로 돌아갈까?"

"응."

두 사람이 걸었다. 올 때와 달리 한순간도 손이 맞물리지 않았다. 아영이 고개를 들어 하늘을 올려다보았다. 붉은 금빛으로 물들기 시작하는 하늘이 조금 서글프게 일렁였다.

두 사람이 마주 보고 섰다. 평소와 달리 두 사람 사이에 어떤 말도 오가지 않았다. 침묵이 길어졌다. 끝내 참지 못하고 아영이 먼저 입을 열었다.

"미안해."

"미안해할 필요 없어. 이제 다시는 만나지 못할 테니까 조금 아쉬운 것뿐이야."

"있잖아, 지담이 오빠."

아영이 지담을 바라보며 부드럽게 미소를 지었다.

"어떤 지담이 오빠가 나의 지담이 오빠인가 생각해 봤어. 날 바꿔준 지담이 오빠도 좋지만 역시 어린 시절 내 세상 전부였던 지담이 오빠가 좋아. 나, 어린 시절 함께한 지담이 오빠도 찾을 거야. 그러니까 안심하고 '아영'이와 잘 지내 줘. 지금처럼 매일이 반짝이게 만들어 줘."

지담이 아영을 가만히 내려다보았다. 놀란 듯 입이 조금 벌어졌다. 조금씩 입꼬리가 위로 둥글게 휘었다. 미소가 매우 애절하고 애

툿했다.

"처음이자 마지막으로 '너'에게 주는 크리스마스 선물이야. 아영아, 펜던트를 쥐고 간절히 소원을 빌어. 그러면 이루어질 거야."

"응. 고마워, 지담이 오빠."

아영이 이제 그만 들어가려고 했다. 그 순간 지담이 아영을 붙잡았다. 그의 손길이 다급했다.

"아영아, 잊지 마. 난 오직 널 위해 존재해. 네가 행복하기 위해서 말이야."

지담이 긴 한숨을 내쉬었다. 그러더니 다정하게 미소를 지으며 그만 들어가 보라는 손짓을 했다. 아영이 조금 망설이다가 뒤돌았다.

계단을 오르다가 아영이 아래를 내려다보았다. 대문 앞에 지담이 그대로 서 있었다. 무언가 느낀 듯 지담이 고개를 들고 아영을 올려다보았다.

"안녕, 지담이 오빠!"

아영이 지담에게 마지막 인사를 건넸다. 지담이 손을 흔들었다.

"응. 안녕, 아영아."

지담을 계속 보고 있을 수 없었다. 눈물이 나올 것 같았다. 아영이 집으로 뛰어 들어갔다.

집에는 예상대로 아무도 없었다. 부모님이라면 둘이서 로맨틱한 크리스마스를 보내고 있을 터였다. 아영이 망설임 없이 방으로 가 일기장을 꺼내 들었다. 아영이 놀라운 집중력으로 빈 곳을 빠르게 채워나갔다.

참지 마. 외로우면 외롭다고, 괴로우면 괴롭다고 말해. 너의 감정에 솔직해져도 돼. 괜찮아.

일주일간 자신의 생각을 남기지 않으려 노력했다. 그저 자신이 겪은 일들을 기록하기에도 바빴다. 이 세계 아영이 돌아와도 아무 문제가 없도록. 원래대로라면 이 세계 아영과 자신은 만날 수도 서로 영향을 줄 수도 없었다. 완벽한 이방인인 자신이 이 세계에 영향을 주면 안 될 것 같다고 생각했다.

다른 세계에서 넘어온 지담의 말에 아영은 결심할 수 있었다. 덕분에 외로움에서 벗어났다. 어차피 결정은 이 세계 아영의 몫이었다.

아영이 일기장을 덮었다. 책상 서랍에 넣어 둔 펜던트를 꺼냈다. 여전히 판타지 세계 어딘가에 있을 별의 암석 같은 보라색 보석이 반짝였다. 아영이 펜던트를 두 손으로 꼭 쥐고 무릎을 꿇었다. 소원은 명확했다.

"건우 오빠가 있는 곳으로 보내주세요."

펜던트에서 강한 빛이 쏟아져 나왔다. 창백한 붉은빛이 아영이의 몸을 맹렬히 휘감았다.

언뜻 귀에서 건우가 환하게 웃는 소리가 들렸다. 아영이 가장 좋아하는 소리였다. 태양보다 환하게 웃는 건우의 미소를 본 순간 아영은 건우를 사랑하지 않을 수 없었다.

노래를 잘 부르지 못한다는 사실은 알고 있었으나 즐겁고 신이 날 때면 으레 콧노래가 흘러나왔다. 그 노랫소리를 들은 사람들은 두 가지 반응으로 나뉘었다. 모른 척하거나 비웃거나.

피아노 발표회를 끝내고 돌아가는 길이었다. 그날도 무심결에 콧노래를 불렀다. 처음 건우 앞에서 제대로 콧노래를 흥얼거린 순간이었다. 가만히 듣던 건우가 웃기 시작했다. 처음엔 비웃는 줄 알았다. 돌아본 건우는 정말 눈부시게 빛나고 있었다. 그 미소는 여름날 화창한 햇살보다 더 강렬했다.

아영은 건우를 향해 손을 뻗어 그 빛을 조금 가려야만 했다. 그렇게 하지 않으면 그 빛에 눈이 멀 것 같았다. 그 모습을 가만히 지켜본 건우가 다음엔 무척 다정하게 미소를 지었다. 아영은 아주 조금 아쉬웠다. 조금 더 그 찬란한 미소를 보고 싶었다.

정신이 아득해졌다. 몸이 떠오르는 느낌이 들었다. 멀리서 여인의 노래가 들렸다. 어렴풋이 해바라기밭이 보이는 것도 같았다.

그 순간 피비린내가 났다. 언젠가 맡아본 적 있는 냄새였다. 아영이 눈을 번쩍 떴다.

3장.
검푸른 쌍둥이자리 세계는

0

거대한 해바라기밭에 피의 비가 내린다.

언젠가 본 적 있는 모습. 전체적으로 비슷하지만 그날의 꿈과는 다르다. 아득한 노랫소리를 따라간다. 아련한 멜로디가 시작되는 곳에서 여인의 뒷모습이 맺힌다.

해바라기색의 풍성하고 긴 머릿결. 하늘거리는 모래색 천으로 감싼 작고 마른 몸. 허공을 향해 뻗은 애처로운 손길.

서로 마주한 적은 없지만 몇 차례 본 적이 있어서일까. 친근함이 느껴진다. 여인에게 알은체하려고 손을 들고 다가간다. 그러다 화들짝 놀라 해바라기 줄기 뒤로 몸을 숨긴다.

여인의 무릎에 한 남자가 누워있다. 검붉은 머리카락. 전에 본 그 남자란 사실을 깨닫는다. 누군가 알려주지 않아도 남자가 빨강나라 사람이란 사실을 알 수 있다. 여인은 노랑나라 사람이니 두 사람은 서로 다른 색깔 나라 사람이다.

남자의 머리칼을 쓰다듬는 여인의 손길이 애절하면서도 다정하다. 남자를 내려다보는 시선이 무척 애처롭다.

　피해줘야 할 것 같아 뒤로 빠진다. 그 순간 두 사람의 말소리가 들린다. 다투는 것 같은 소리에 조심스럽게 훔쳐본다. 여인의 표정이 몹시 쓸쓸하다. 심장이 덜컥 내려앉는다.

　여인이 남자를 바라보는 시선이 조금 전 손끝보다 애처롭다.

　　피의 빨강나라. 축제의 주홍나라. 희망의 노랑나라. 자연의 파랑나라. 신의 보라나라. 눈의 하얀나라. 어둠의 검은나라. 서로 다른 차원에 있는 일곱 색깔 나라는 오직 꿈을 통해 이어질 수 있어.

　앳된 얼굴에 어울리지 않는 깊고 조금 나직한 음성이 숨처럼 스며든다.

　　왜 일곱 색깔 나라는 꿈에서밖에 연결되지 못하는 걸까. 어떻게 꿈에서는 이어질 수 있는 걸까.

　남자가 여인을 바라본다. 날카로운 눈매 아래로 숨기지 못한 슬픔이 맺혀 있다. 왜 그런 눈으로 바라보는 거야. 그 시선이 나를 향한 것도 아닌데 마음이 아프다.

　여인이 무엇이라 말하지만 더 이상 들리지 않는다. 이내 여인이 해맑게 웃는다. 지금 이 순간 어떠한 어둠도, 슬픔도, 아픔도 없다는 듯. 행복하기만 하다는 듯. 그 티끌 하나 없이 맑은 미소가 오히려 더 슬프게 만든다.

　남자가 여인의 얼굴을 손으로 치우더니 다급히 일어난다. 그의 뒷모습을 바라보는 여인의 얼굴이 보이지 않지만 어떤 표정을 짓고 있는지 머릿속에 또렷하게 그려진다.

사라지지 않을 사랑이면 좋을 텐데.

여인이 남자와 반대로 천천히 걷는다. 이윽고 잘 아는 그 노래를 부른다. 남자가 다급히 여인을 향해 달린다. 열심히 좇지만 둘의 거리는 오히려 벌어진다.

언제 들어도 아름답지만 슬픈 노랫소리. 이따금 들리는 쇳소리가 가슴을 울린다.

1

벨 소리에 놀라 아영이 눈을 번쩍 떴다. 머리맡에 있는 휴대폰을 확인했다. 전화가 아니라 알림이었다. 눈가가 촉촉했지만 아영은 아랑곳하지 않고 다급히 주변을 살폈다.

창문으로 눈부신 햇살이 들어와 방을 밝혔다. 겨울이어서 그런지 햇살이 침대 아래 고요히 고여 있는 찬 공기까지는 데우지 못했다. 아영이 몸을 휘감는 냉기에 몸을 부르르 떨었다.

주변을 둘러보았다. 크림색 벽지로 둘러싸인 사각형의 공간에 친숙한 가구들이 익숙한 배치로 놓여있었다. 아영이 노란색 꽃이 그려진 이불에서 미끄러지듯 나왔다.

서둘러 일기장을 확인했다. 넘어가는 종이가 일으킨 바람에 그제야 고여 있던 찬 공기가 파르르 흩어졌다. 표지가 검푸른 바탕인 것은 같았지만 수놓아진 별자리가 달랐다. 이 세계는 원래 살던 세계도, 이전까지 머물던 세계도 아니었다.

아영이 표지에 수놓아진 별자리를 가만히 내려다보았다. 두 사람이 손을 잡고 나란히 서 있는 형태를 띤 별자리. 쌍둥이자리였다.

아영의 크고 둥근 눈동자가 반짝였다.

고개를 들었다. 책상 위에 무언가가 눈에 들어왔다. 한쪽 팔을 위로 당당하게 들고 있는 로보트였다.

방을 나섰다. 주방에서 엄마가 아침을 준비하고 있었다. 엄마가 뒤돌아 아영을 보았다.

"웬일이야, 아영? 깨우지 않아도 알아서 일어나고?"

엄마의 동그란 눈동자가 커지더니 이내 밝게 웃었다. 아영이 조금 당황하다가 말했다.

"학교…… 가야 하니까."

"언제는 학교 안 가서 늦잠 잔 거야?"

"그런 건 아니지만……."

아영이 시선을 피했다. 심장이 두근거렸다. 눈이 마주치면 엄마가 자신이 다른 세계의 아영이라는 사실을 눈치챌 것 같았다.

엄마가 아영을 빤히 바라보았다. 목 언저리에 무언가가 반짝이는 것을 발견했다. 무슨 말을 하려다 그만두고 나직이 미소를 지었다. 엄마가 아영의 등을 밀었다.

"어서 씻고 와. 아침밥 준비해 놓을게."

"……응."

아영이 원래 있던 자리로 돌아가는 엄마의 허리를 뒤에서 끌어안았다. 익숙한 샴푸 향에 마음이 안정되었다.

"다 큰 줄 알았더니 아직 아기였네. 이리 와, 아영."

엄마가 뒤돌아 두 팔을 활짝 벌렸다. 아영이 엄마의 품에 와락 안겼다. 작은 엄마의 품이 크게 느껴졌다. 엄마의 머리카락에 얼굴을 묻었다. 얼굴에 닿는, 까맣다 못해 푸른 빛이 도는 엄마의 머리칼이 부드러웠다.

당연하게도 아무도 없는 집보다 누군가의 온기로 가득한 집이 훨씬 좋았다.

학교에 도착한 아영이 자신의 교실이 아닌 2학년 교실이 있는 층으로 향했다. 일찍 일어난 덕분에 여유가 있었다. 그런데도 발걸음이 점차 빨라졌다.

아영의 발이 멈춘 곳은 건우네 반 앞이었다. 여자아이들 여럿이 문과 창문에 붙어 안을 흘깃 훔쳐보았다. 살짝 열린 문틈으로 교실 안 선배들의 소리가 밖으로 새어 나왔다.

다가가자 먼저 와 있던 여자아이들이 아영을 견제했다. 아영을 위아래로 훑어보는 표정이 살벌했다.

"어머, 이게 누구셔? 건우의 이웃사촌 동생 아니야?"

그중 가장 화려한 여자아이가 아영에게 다가왔다. 아니꼬운 표정으로 아영을 바라보았다. 잠깐 고민하던 아영이 고개를 바짝 들었다.

"저를 아세요? 건우 오빠 이웃인 건 맞지만 제겐 엄연히 민아영이란 이름이 있어요."

"건방진 것 좀 봐. 우연히 건우 옆집에 살고 있을 뿐이면서. 어머, 너 지금 우리 노려보는 거야?"

"잠깐만 비켜주실래요? 제가 확인할 것이 있어서요."

"건우 보려는 거지? 여기 모여 있는 사람 전부 건우 보려고 온 거야. 보려면 일찍 와서 줄 섰어야지. 이웃사촌이라고 예외는 없어."

눈앞에 여자아이들이 비아냥거리며 웃었다. 아영이 무서워 몸을 조금 떨었다. 하지만 아영은 무슨 일이 있어도 꼭 확인해야 했다.

그때 교실에서 누군가가 나왔다. 건우였다. 건우의 등장에 여자아이들이 대화를 멈추고 재빠르게 길을 비켰다. 건우가 아영에게 다가갔다.

"민아영? 무슨 일이야?"

아영이 건우를 빤히 올려다보았다. 건우를 바라보는 눈동자가 점차 빛을 잃었다.

아니었다. 눈앞에 있는 건우는 자신이 찾던 사람이 아니었다. 생김새도 말투도 자신을 바라보는 눈동자도 닮았지만 눈앞에 있는 건우는 또 다른 건우였다. 아무 근거도 없었지만 아영은 확신했다.

아무 일 아닌 척 미소를 지었지만 실망감에 끝이 조금 이지러졌다. 아영이 서둘러 고개를 돌렸다.

"아니, 그냥. 얼굴 봤으니까 됐어. 나 갈게."

"잠깐만."

건우가 다급히 아영의 손목을 붙잡았다.

"뭐야, 대답하려고 온 거 아니야?"

"대답?"

아영이 눈동자가 커졌다. 잠깐 잊고 있었다. 아니, 잊고 싶었다는 말이 더 옳았다. 아영이 다급히 건우를 말렸지만 건우가 거침없이 말을 이었다.

"잠깐만, 건우 오빠……."

"내가 어제 고백했잖아. 레인보우랜드 다녀와서."

주변이 강한 동요로 술렁였다. 가장 당황한 건 아영이었다.

그대로 말문이 막혔다. 어떤 대답이든 자신이 할 말은 아니었다. 무엇보다 지금 이 상황이 너무 당혹스러웠다. 복도에 몰려든 2학년 선배들 시선이 모두 아영이에게 향하는 것처럼 느껴졌다.

아영이 곤란해하자 건우가 한숨 같은 미소를 내뱉었다. 붙잡고 있던 손목을 놓으며 말했다.

"오늘 거기 가야 해서 늦겠지만, 돌아오면 연락할게. 기다리고 있어."

아영이 그 말을 단번에 알아들었다. 이 세계에서 오늘이 바로 그날이었다. 이번엔 아영이 건우를 다급하게 붙잡았다.

"안 돼! 가지 마, 건우 오빠."

이 세계 건우마저 뒤바뀌면 안 되었다. 그러면 너무 복잡해지고 만다.

아영을 바라보던 건우가 피식 미소를 지었다. 주변에서 다시 동요가 일어났다.

"걱정하지 마, 괜찮으니까. 다녀올게."

건우가 아영의 머리를 쓰다듬었다. 아영이 고개를 들자 눈부신
빛이 쏟아졌다. 건우의 미소는 강한 햇살 같았다. 오른손을 들고
살포시 강렬한 빛을 가렸다. 건우가 귀엽다는 듯 더 눈부시게 미소
를 지었다.

주변이 시끄러웠다. 더는 참을 수 없다는 듯 비명이 난무했다.
소란에 선생님이 상황을 정리했다. 건우가 교실 안으로 돌아갔다.

그곳에 모여있던 여자아이들이 한동안 아무 말도 없이 멀뚱히 그
자리에 서 있었다. 교실로 가라는 선생님의 말을 아무도 듣지 않았
다. 그건 아영이도 마찬가지였다.

아영이 멍하니 창밖만 바라보았다. 조금 전 무슨 일이 있었는지
곱씹었다. 건우가 사람들 앞에서 눈부시게 미소를 지었다. 오른쪽
눈 아래 눈물점이 유난히도 아름다웠다.

원래도 주변 시선을 신경 쓰지 않던 건우였지만 달랐다. 이제껏
보아온 건우가 아니니 다른 건 당연했다. 아영은 깨달았다. 조금 전
건우의 미소는 눈부시다 못해 상쾌해 보였다.

놀이터에서 가만히 땅만 내려다보던 원래 세계 건우를 떠올렸다.
건우의 얼굴에 미세하게 걸려있던 미소는 몹시 슬펐다.

아영이 미간을 일그러뜨리며 생각에 잠겼다. 옆에서 자신을 계속

부르는 것도 듣지 못할 정도였다. 세라가 잔뜩 화가 난 얼굴로 아영의 얼굴을 두 손으로 잡아 자기 쪽으로 낚아챘다.

"민아영!"

"어?"

"내 말 듣고 있어? 두 번째 플랜을 세워야지! 내가 밤새 생각해 봤는데 내가 너무 섣불렀어. 건우 선배처럼 완벽히 회피형인 사람한테 말이야. 그래서 천천히 다가가기 계획을 세워봤어. 그런데 어떻게 하면 돼? 넌 어떻게 건우 선배랑 친해졌어?"

눈앞에 세라의 얼굴이 크게 맺혔다. 반가운 것도 잠시 강한 기시감이 느껴졌다. 아영의 눈동자가 연신 흔들렸지만 아랑곳하지 않고 세라가 계속 말을 이었다.

"크리스마스 때 자연스럽게 만날 수 없을까? 파티 같은 거 안 해? 나 초대하면 자연스럽게 만날 수 있잖아. 그래, 파티가 좋겠다!"

세라의 말소리가 점차 흐려지며 사라졌다.

머리가 어지러웠다. 아영은 이곳이 다른 세계라고 확신했다. 분명 일기장 표지도 달랐다. 교실로 들어오기 전 몰래 읽은 일기장 내용을 떠올렸다. 원래 세계와 다른 부분이 하나도 없었다.

세라가 건우를 좋아하니 도와달라고 하였다. 이 세계 아영도 도와주겠다고 약속하였다. 넷이서 함께 레인보우랜드에 다녀왔다. 그날 밤 건우에게 고백을 받았다.

이 상태라면 정말 바로 오늘 이 세계 건우도 다른 세계 건우와 뒤바뀔 터였다. 그 사실을 알면서도 아영이 할 수 있는 일은 하나도 없었다.

세라의 말이라도 들어주어야 했지만 이번에도 아영은 어떤 말도 귀에 들어오지 않았다.

무심코 내려다본 창문 아래 건우가 보였다. 건우가 일찍 조퇴하고 학교를 나서고 있었다. 무거운 발걸음은 전에 본 것 그대로였다. 짙은 슬픔이 건우 발걸음마다 땅에 새겨졌다.

그날 놀이터에서 바뀐 건우가 한 말이 떠올랐다.

기다릴게. 얼마든지 기다릴 수 있어. 이제까지도 기다렸는걸.

기다……린다니, 그게 무슨 소리야?

내 고백에 대한 너의 대답.

조금 전 쌍둥이자리 세계의 건우가 말했다.

오늘 거기 가야 해서 늦겠지만, 돌아오면 연락할게. 기다리고 있어.

아영의 눈동자가 반짝였다. 할 수 있는 일이 있었다. 아영이 곧바로 건우에게 메시지를 보냈다. 휴대폰을 바라보는 아영의 표정이 간절했다.

초조했다. 또 건우가 사라졌다는 연락이 올까 봐. 자신의 선택이 틀렸을까 봐. 아영의 신경이 온통 휴대폰에 쏠렸다.

아랑곳하지 않던 세라도 어느 순간 말하는 것을 멈추었다. 아영을 바라보는 세라의 눈초리가 점차 서늘해졌다.

다행히 하교할 때까지도 별다른 연락이 없었다. 아영은 원래 세계에서와 달리 평소대로 태연하게 세라와 하교했다. 아영의 시간으로 일주일만이었지만 먼 옛날 일인 것처럼 느껴졌다.

"아영아, 오늘도 코노 콜?"

"미안, 오늘 학원 가는 날이라서."

"맞아, 그랬지. 그러면 어쩔 수 없지. 잘 가."

"응. 잘 가, 세라야."

아영이 멀어지는 세라를 향해 손을 흔들었다. 이 모습이 일상이었지만 아주 조금 어색했다. 이전 세계에서 겪은 일들이 떠올랐다.

"잠깐만, 세라야!"

아영이 세라를 다급히 불러 세웠다. 무슨 말을 전하려다가 그만두었다.

"아무것도 아니야. 내일 봐."

두 사람이 그대로 헤어졌다.

막 뒤돌았을 때였다. 휴대폰이 울렸다. 건우에게서 온 전화였다. 서둘러 전화를 받았다.

"건우 오빠? 지금 어디야?"

"동네 도착했어. 너는 어디야?"

"학교 금방 끝났어. 집에 가는 길이야."

"놀이터에서 만나. 집에 도착하면 바로 그리로 갈 테니까."

아영이 학원 방향을 잠깐 돌아보았다. 결심을 굳힌 듯 반대편을 향해 힘차게 달렸다.

뛰지 않아도 먼저 놀이터에 도착할 터였다. 참을 수 없었다. 이제 기다리기만 하는 건 싫었다.

놀이터에는 아무도 없었다. 이따금 몇몇 동네 꼬마들이 뛰어놀고는 했는데 놀이터를 찾은 아이가 하나도 없었다.

아영이 빈 놀이터 그네에 앉았다. 바로 이 자리에 앉아 있었다. 아영은 자신이 알고 있던 건우가 어디로 갔는지 생각했다. 만일 평행 세계처럼 수없이 많은 세계가 있다면, 그 많은 세계 어딘가에 있을 건우를 찾는 일은 불가능에 가까울지도 몰랐다.

지나가던 사람이 음료수 캔을 쓰레기통으로 던졌다. 빈 캔이 반원을 그리며 날아가다 바닥으로 떨어졌다. 그 모습을 보고 있던 아영이 떨어진 캔을 주워 쓰레기통에 넣었다.

"벌써 와 있었네?"

그네로 돌아가려는데 건우가 도착했다. 숨을 크게 헐떡였다.

"메시지 봤어. 대답, 해준다고."

최대한 감정을 배제한 말이었지만 기대감이 전해졌다.

아영이 건우를 향해 돌아섰다. 끝까지 고민했다. 이 세계 건우를 붙잡아두기 위해 돌아오면 고백에 대해 대답하겠다고 문자를 보냈다. 하지만 정말 자신이 이 대답을 해도 괜찮을지 여전히 확신이 서지 않았다.

이 세계는 원래 세계와 다른 것이 별로 없었다. 최근 한 달간의 일기 내용도 똑같았다. 어쩌면 자신이 살던 세계와 가장 가까운 세계일지도 몰랐다.

다른 것이 있다면…….

아영이 건우를 돌아보았다. 얼굴은 자신이 알던 것과 조금도 다르지 않았지만 묘한 위화감이 느껴졌다. 그건 모르는 사람에게서 느껴지는 '낯섦'이었다.

아영은 생각했다. 이 세계에서 원래 세계의 건우가 뒤바뀐 이유나 힌트를 알아낼 수 있지 않을까. 건우가 어디에 있을지 작은 힌트라도 얻을 수 있지 않을까.

"건우 오빠, 이상한 질문 하나만 해도 돼?"

"응, 뭐든."

"일기장……. '내'가 고른 거지?"

일자로 긴 건우의 눈동자가 조금 둥글게 커졌다.

"매년 그랬으니까 이번에도 그러지 않을까? 일기는 직접 산 노트에 쓰고 싶다며."

언젠가 아영도 건우에게 그런 말을 한 적이 있었다. 아영의 표정이 한결 차분해졌다.

"건우 오빠."

"응."

이 세계는 원래 세계와 매우 흡사하지만, 이 세계 아영의 마음과 결심은 자신과 달랐다. 아영은 이 세계의 일기장 표지를 떠올렸다.

쌍둥이자리는 건우의 별자리였다.

아영이 건우를 돌아보았다. 사실 그날 전하기를 원했던, 이제껏 계속 하고 싶었던 말을 마침내 꺼냈다.

"좋아해. 예전부터 줄곧 좋아했어."

꼭꼭 숨겨온 진심. 결코 입 밖으로 낼 수 없던, 봉인해 둔 마음이었다.

그날의 각오가 한순간에 무너졌다. 매일 밤 덧씌웠던 속박이 허무하게 풀렸다. 심장이 두근거리다 못해 튀어나올 것 같았다. 아영이 통증을 참지 못하고 눈을 질끈 감았다.

그 순간 품에 와락 안겼다. 눈을 떠보니 건우였다.

"고마워. 정말 고마워. 아, 행복하다."

너른 품에 폭 파묻혀 건우의 얼굴이 보이지 않았지만 따스한 체온으로 감정이 전해졌다. 아영이 건우의 허리를 꼭 끌어안았다. 자신의 선택이 틀리지 않았다고 믿고 싶었다.

2

아영은 꼭 꿈꾸는 기분이었다. 비현실감이 온몸을 휘감아 실제로부터 조금 비틀려 있는 것 같은 감각이었다. 바닥에서 손가락 한 마디만큼 떠올라 있었다. 어떨 땐 시간이 집약적으로 느리게 가고, 어떨 땐 비약적으로 빠르게 흘러가곤 했다.

수업이 귀에 들어올 리 없었다. 아영이 손바닥을 쥐었다가 폈다. 학원에 오기 전에 있었던 일들이 모두 꿈과 허상처럼 느껴졌다.

혼자서 히죽 웃었다. 아영을 보는 사람은 아무도 없었지만 괜히 부끄러워 책으로 얼굴을 가렸다.

평소와 달리 수업이 일찍 끝났다. 아니, 수업은 평소와 같은 시간에 끝났다. 그렇게 느껴진 것뿐이었다.

학원 건물에서 나오는데 바깥이 시끄러웠다. 최대한 소란스러운 곳을 피해 가려고 했지만 그럴 수 없었다. 아이들이 모여 있는 곳 한가운데 너무도 익숙한 얼굴이 보였다.

"오빠!"

아영이 소리쳤다. 익숙한 얼굴 두 개가 동시에 아영을 돌아보았다.

"아영아!"

"민아영!"

건우와 지담이 함께 서 있었다. 지담이 도통 무슨 일인지 모르겠다는 얼굴로 아영과 건우의 얼굴을 번갈아 보았다.

"아영아, 건우가 갑자기 이제 자기가 널 데려다주겠다고 그러더라고. 그래서 그럴 필요 없다고, 앞으로도 내가 해주겠다고 이야기하고 있었어."

> 아영아, 건우 선택하지 마. 건우 선택하면 상처받아. 내 말 믿어야
> 해, 아영아.

지담의 충고를 똑똑히 기억하고 있었다. 이전 세계에서 건우와 사귀었다가 남보다 못하게 된 일도 보았다. 그래도 아영은 또 다른 가능성을 믿고 싶었다.

주변에서 건우를 알아보는 소리가 들렸다. 아영이 지담에게 대답하려는데 건우가 앞을 막아섰다.

"우리 사귀기로 했어. 그러니까 내가 아영이 바래다줄게. 이제까지 고마웠어, 형."

한순간 지담의 표정이 굳었다. 그 얼굴이 몹시 서글퍼서 아영은 주변에서 요동치는 동요를 깨닫지 못했다.

"지담이 오빠, 그러니까 이게 어떻게 된 일이냐면."

"그렇구나. 추, 축하해. 그럼 내가 빠지는 게 맞는 거네. 나 먼저

갈게."

　지담이 두 사람을 스쳐 걸어갔다. 그 방향은 집 쪽이 아니었다. 터
덜거리는 발걸음이 애처로웠다. 점차 멀어지는 등이 쓸쓸했다. 냉
큼 달려가 위로하고 싶었으나 그럴 수 없었다.

　"가자."

　건우가 아영의 손을 잡았다. 눈앞에 있는 건우가 이제껏 보아온
건우가 아니란 사실을 알면서도 심장이 시끄러웠다.

　건우네 반 앞에서 있었던 일은 새어나가지 않았다. 그래서 이번
에도 괜찮을 줄 알았다. 두 사람과 관련된 소문은 아영의 예상보다
훨씬 더 빠르게 퍼져나갔다. 학원이 끝났을 때 주변에서 영상을 찍
는 아이들도 있었기에 소문이 금세 퍼질 것이란 사실을 예상했어
야 했다.

　주택단지를 벗어나 큰 대로변으로 나오자 아영을 보며 쑥덕대는
소리가 쉼 없이 들렸다. 아영은 신호가 파란불로 바뀔 때까지 아직
문 열기 전인 꽃집 유리창 너머 잠들어 있는 꽃들을 필사적으로 구
경했다.

　교실로 들어오자마자 아영은 아이들 앞에 소환됐다.

　"정말이야?"

　"그냥 이웃사촌일 뿐이라더니 어떻게 이럴 수 있어?"

"난 이렇게 될 줄 알았어. 전에 두 사람 같이 있는 거 봤을 때 내가 강건우 선배 눈빛을 봤거든."

"진짜 사귀는 거야? 그 강건우 선배랑?"

소환한 사람이 선배들이 아니란 사실에 아영은 아주 조금 안심했다.

아이들 중 하나가 휴대폰 화면을 보여주었다. 영상 속 아영과 건우가 손을 맞잡고 걸어가고 있었다. 학원이 끝나고 집으로 돌아가는 길에 찍힌 모양이었다.

속일 이유가 없었다. 아영이 긍정하자 아이들 틈에서 다양한 반응이 쏟아져 나왔다.

어떤 아이들은 환호성을 질러댔고 어떤 아이들은 얼굴이 새하얗게 질렸다. 어떤 아이는 미간을 찌푸리며 연신 눈을 깜빡였고 어떤 아이는 울 것 같은 표정을 지었다. 나희가 고백하겠다고 선언했을 때보다 더 소란했다.

그때 아이들 뒤에서 날카로운 시선이 날아왔다. 돌아보니 세라가 아영을 노려보고 있었다. 그 눈빛은 전갈자리 세계에서 본 바로 그 눈빛이었다.

오늘 만나 최대한 솔직하게 세라에게 보고하려고 했다. 그래서 세라가 배신감을 느끼고 자신을 떠나게 된다 하더라도. 이런 식으로 알려질 거라고 조금도 생각하지 못했다.

"세, 세라야!"

다급하게 교실을 나서는 세라의 뒤를 쫓았다. 뭐라도 변명해야 했다.

아영이 세라의 손을 잡았다. 세라가 강하게 뿌리쳤다. 끝까지 변명이라도 하기 위해 아영이 세라를 바라보았다. 하지만 변명의 여지가 없었다. 아영은 어떤 말도 행동도 할 수 없었다.

세라의 그 예쁘던 눈동자가 형용할 수 없는 검은 그림자에 싸여 차갑게 식었다.

늘 창가 끝자리에 아영과 함께 앉아 있던 세라가 복도 쪽으로 자리를 이동했다. 아영은 멀뚱히 앞만 바라보던 이전 세계 세라의 뒷모습이 떠올랐다.

어떻게든 대화를 해보려 노력했으나 세라는 아영의 접근을 조금도 허용하지 않았다. 한마디 말도 섞으려 하지 않았다.

"누나, 누나."

아영은 당혹감을 감추지 못했다. 제 상황과 마음에 눈이 멀어 친구의 진심을 잊고 외면한 건 엄연한 잘못이었다.

아영이 저도 모르게 한숨을 깊게 내쉬었다. 땅으로 빠르게 꺼지는 한숨이 뜨거웠다.

"아영이 누나!"

"깜짝이야!"

큰소리에 놀라 정신을 차렸다. 현우가 쉭 쉭 거친 숨을 내뱉으며 화를 내었다. 그제야 현우 간식을 챙겨주고 있었단 사실이 떠올랐다.

건우와는 어느 때보다 사이가 좋았다. 하루도 빠짐없이 만났다. 사권 다음 날 건우는 훈련에 복귀했다. 두 사람은 단체 훈련 중에도, 야간 개인 훈련 때에도 반드시 만나 단 5분이라도 눈을 맞추고 대화를 나누었다.

지담과 달리 건우는 모닝콜을 하지도, 자기 전에 전화를 하지도 않았다. 대신 시간이 될 때마다 직접 만나 얼굴을 마주 보고 손을 맞잡았다.

딱히 대화를 나누지 않아도 좋았다. 서로의 얼굴을 직접 보고 마주 잡은 손으로 서로의 체온을 나누는 것만으로도 가슴 벅차기 충분했다.

아영은 현우를 위해 간식을 직접 만들어 주는 횟수가 늘었다. 그건 어쩌면 이전 세계에서 현우를 챙기지 못한 몫까지 합쳐진 것일지도 몰랐다.

아영이 토스트를 맛있게 먹는 현우를 바라보았다. 입가에 케첩을 잔뜩 묻히며 정신없이 먹는 모습에 흐뭇했다. 그 미소가 나이에 맞지 않게 인자했다.

"아영이 누나."

"왜 그래, 현우야?"

"근데 오늘은 맛이 좀 별로다?"

"뭐? 정말? 어디가 어떻게 맛이 별로야?"

"이것도 맛있어. 맛있기는 한데 그래도 저번에 만들어 준 게 훨씬 더 맛있어."

현우의 말에 당황했지만 다시 맛있게 먹는 현우를 보며 아영이 미소를 지었다.

현우를 학원에 보내고 설거지를 끝냈다. 아영이 익숙하게 대문을 닫으며 건우네를 나섰다. 무심코 하늘을 올려다보았다. 날씨가 좋지 않았다. 아영이 발길을 서둘렀다.

하루빨리 원래 세계 건우를 찾아야 했다. 아영은 다른 세계로 넘어가는 방법을 알고 있었다. 그런데도 아영은 쌍둥이자리 세계를 벗어나지 못했다. 그건 모두 이 세계 건우 때문이었다.

집에 돌아온 아영이 우산을 챙길까 하다가 그만두었다. 하늘이 조금 어둑했지만 비가 내린다는 예보는 없었다. 아니, 우산을 챙기지 않은 건 비가 오지 않게 해달라는 간절한 기도였다.

평소처럼 학원에서 수업을 들었다. 책상 앞에 얌전히 앉아 있었지만 생각은 딴 곳에 가 있었다. 수업이 전혀 귀에 들어오지 않았다.

문득 살펴본 휴대폰에 메시지가 와 있었다. 확인해 보니 세라였다. 아영이 서둘러 확인했다. 내용이 길었지만 문장 부호 하나 빼먹지 않고 꼼꼼히 읽었다.

야, 넌 계속 내가 우스웠지? 생각해 보면 예전부터 그랬어. 겉으로는 아닌 척, 착한 척, 순진한 척. 뒤에서는 자기 할 거 다 했겠지. 레인보우랜드 간 것도 일부러 나한테 보여주려고 했던 거지? 강건우는 '너'가 아니라 '날' 좋아한다고. 잔인하게. 넌 친구도 아니야. 어떻게 그럴 수 있어? 2학년 되면 반도 갈릴 테니까 그땐 서로 모른 척 지내자.

아영의 입술이 바들바들 떨렸다. 손끝이 차지고 속이 울렁거렸다. 아니었다. 세라를 우습게 본 적도, 기만하려고 한 적도 없었다.

결과적으로 그렇게 만든 꼴이었다. 도와주겠다고 안심 시켜놓고 뒤에서 칼을 꽂은 것과 마찬가지였다. 세라가 배신감을 느끼고 거칠게 말하는 것이 모두 이해되었다.

"하……."

아영이 깊은 한숨을 내뱉었다. 한숨이 너무 뜨겁고 무거워 가벼운 나무로 된 책상 정도는 쉽게 녹여버릴 것 같았다. 주변 친구들이 아영을 걱정스러운 눈으로 바라보았지만 어느 누구도 말을 걸지는 않았다.

아영의 한숨은 지속되었다. 어느새 수업도 끝이 났다. 아영이 힘없이 가방을 챙겨 학원을 나섰다.

"웬 한숨이야? 건우 자식 때문이야? 내가 한마디 해줄까?"

익숙한 목소리에 고개를 들었다. 학원 건물 앞에 지담이 서 있었다.

"지담이 오빠?"

"안녕, 아영아? 오랜만이야. 아, 건우가 육상부에서 사고 터져서 해산이 조금 늦는다고 하더라고. 그래서 날 대신 보낸 거야."

지담이 야구모자를 고쳐 쓰며 어정쩡하게 웃었다. 노란색에 가까운 밝은 갈색 머리가 어둑한 밤하늘 아래서 유독 눈부시게 반짝였다.

"그럼, 갈까?"

두 사람이 말없이 걸었다. 지담이 추운지 코를 훌쩍였다. 아영이 지담을 살짝 곁눈으로 보았다.

아영은 지담에게서 묘한 느낌을 받았다. 얼마 전만 해도 누구보다 가까운 사이였다. 옆에 있는 것이 당연했고 함께 있는 것이 기쁘고 든든했다. 이제는 아니었다. 아니, 애초에 옆에 있는 사람과 그런 사이였던 적이 없었다. 그래서 아영은 지담의 얼굴을 제대로 볼 수 없었다.

건우 선택하면 상처받아.

그 말은 어느 세계의 지담이 한 말이었을까. 아영이 손에 입김을 불었다. 작은 잿빛 구름이 허망하게 어둠 속으로 흩어졌다.

시선이 느껴졌다. 아영이 용기를 내어 지담을 다시 돌아보았다. 아영을 바라보는 지담의 눈동자는 여전히 따뜻하고 부드러웠지만 이전 세계 마지막 지담의 표정처럼 서글픔이 맺혀 있었다.

"아영아."

"응, 왜?"

평소답지 않게 지담이 망설였다. 심장이 둔탁하게 뛰었다. 지담이 한참 만에 말을 이었다.

"더 힘들어지기 전에 헤어져. 그게 좋아, 아영아."

내 말 믿어야 해, 아영아.

달빛을 담아 옅은 갈색의 눈동자가 더욱 노랗게 빛났다. 깊은 눈빛에서 진심이라는 것이 느껴졌다. 왜 모든 세계에서 지담은 한결같이 그렇게 말하는 걸까. 묻고 싶었으나 아영은 묻지 않았다.

아영이 고개를 푹 숙였다.

"미안해."

"그래, 그게 너의 대답이구나."

지담이 또 한 번 코를 훌쩍였다. 무언가 이상했다. 한순간 알코올 냄새가 코를 스쳤다. 아영이 지담의 얼굴을 살폈다. 유난히 얼굴이 붉었다.

"술 마셨어? 지담이 오빠 술 싫어하는 거 아니었어?"

"나 술 마시는 거 좋아해. 우리 아버지 아들인데 그게 어딜 가겠어?"

"이제까지는 안 마셨잖아. 술 싫다며?"

"그야, 아영이가 술 싫어하니까."

아영이 무언가를 말하려다가 그만두었다.

"……과음은 하지 마."

"응, 적당히 마실게."

지담이 하늘을 올려다보았다. 뭐라도 내릴 것 같으니 서두르자고 말했다. 아영도 그 말에 동조했다. '우산 챙길걸. 늦을 것 같아 서둘렀더니'란 혼잣말이 언뜻 들렸다.

달랐다. 얼굴이 닮았고 다정한 말투도 비슷했지만 쌍둥이자리 세계 지담은 조금 어둡고 소심했다.

"아, 떨어진다."

지담의 말에 아영이 하늘을 올려다보았다. 뺨으로 차가운 무언가가 떨어졌다. 순간적으로 그날의 비릿한 비 냄새가 몸속으로 흘러 들어왔다. 아영의 눈동자가 심하게 흔들렸다.

"저기 보이는 편의점에서 우산 사자."

아영이는 비를 싫어했다. 여름 장마철 때마다 매우 힘들었다. 눅눅한 공기가 몸을 짓눌렀다. 아무리 씻어내도 비릿한 비 냄새가 씻기지 않았다.

아니, 그런 게 아니었다. 아영이 비를 싫어하는 이유는…….

"민아영!"

자신을 부르는 건우의 목소리가 들렸다. 아영이 뒤돌았다. 어느새 다가온 건우가 바로 뒤에 서 있었다. 건우가 아영의 손을 덥석 잡았다.

"형, 고마워. 이거 형이 쓰고 가. 아영이는 데려갈게."

"뭐야, 너. 늦게 끝날 것 같다면서. 잠깐만 이건 너희 둘이 쓰고 가는 게 더 낫지……. 야! 강건우!"

아영이 정신을 차렸을 땐 건우의 손에 이끌려 달리고 있었다.

하늘에서 비가 조금 전보다 더 많이 내렸다. 아영이 손바닥으로 머리를 가렸지만 다 막을 수 없었다. 따라 달리며 건우의 젖은 어깨를 보았다.

"건우 오빠, 편의점에서 우산 사자. 아무래도 많이 내릴 것 같아."

"됐어. 이대로 가자."

"그러다 감기라도 걸리면 어떡해! 건강이 생명인 운동선수가 아프면 어쩌려고. 아무리 한동안 대회가 없을 거라도 그렇지."

"괜찮으니까, 뛰자."

조금 전보다 비가 더 많이 오기 시작했다. 비는 싫었다. 냄새도 싫고 피부를 덮는 습기도 싫었다. 눅눅하고 찝찝한 감각은 더욱 싫었다.

아니, 정확히 건우가 옆에 있기에 더 고통스러웠다.

건우가 갑자기 방향을 틀었다. 두 사람이 점차 집에서 멀어졌다. 아영이 당황했다.

"건우 오빠, 어디 가는 거야? 집은 저쪽인데."

"이왕 맞기로 했으니까 좀 더 맞자. 바로 집에 가면 맞는 것 같지 않잖아."

"그러니까 이걸 왜 맞아야 하냐고?"

아영이 정말 이해가 안 된다는 듯 말했다. 건우가 뒤를 돌아보았다. 그의 입술이 옆으로 길게 벌어졌다.

"눈이니까."

아영이 다시 하늘을 올려다보았다. 비라고 하기에 작고 부드러운 알갱이가 느껴졌다. 그렇다고 눈이라고 하기에 액체에 가까웠다.

하늘에서 내리는 건 진눈깨비였다.

두 사람이 진눈깨비를 맞으며 달렸다. 눈도 비도 아닌 것에 조금씩 몸이 젖어 들었다. 그런데도 아영은 조금도 춥지 않았다. 아니, 생각보다 괴롭지 않았다.

그건 아영의 등을 감싸고 있는 건우의 손길 때문인지도 몰랐다. 어쩌면 추운 겨울 온도와 어울리지 않는, 옆에서 느껴지는 후끈한 체온과 입김 때문인지도 몰랐다. 그것도 아니라면 발이 움직이는 것보다 훨씬 더 빠른 속도감 때문인지도 몰랐다.

아영은 중력을 무시하고 대지에서 멀어지는 것 같은 느낌을 받았다. 지구를 벗어나 머리 위에 있는 별로 날아간다면 이런 느낌일까.

"늘 꾸는 꿈이 있어."

흩날리는 진눈깨비 사이로 건우의 목소리가 밀려들었다. 아영의 눈이 일렁였다.

"꿈에서 늘 비가 내려. 비에 비릿한 피 냄새랑 눅눅한 땀 냄새가 배어 있어. 그게 너무 싫어. 아니, 고통스러워."

언제부터 꿈을 꾸었는지 물어보고 싶었다. 어떤 말도 하지 못했다. 지금 그 꿈을 꾸고 있는 듯 건우의 얼굴이 고통으로 잔뜩 일그러졌다.

아영이 건우의 손을 잡았다. 건우가 아영을 돌아보았다. 아영이 있는 힘껏 미소를 지었다.

"뛰자. 다른 건 다 잊고 함께 맘껏 달리자."

두 사람이 눈인지 비인지 알 수 없는 것 아래에서 연신 달렸다. 발은 쉽게 멈추지 않았다. 심장이 터질 것처럼 빠르게 뛰었다. 그럴수록 건우의 슬픔과 고통이 잠시라도 잊힐 수 있도록 아영은 힘껏 다리를 내저었다.

동네를 한 바퀴 다 돌고 나서야 집에 도착했다. 아영이 거친 숨을 몰아쉬었다. 아영의 머리와 어깨에 묻은 진눈깨비를 털어주는 건우의 얼굴은 평온했다.

겨우 숨을 고르고 아영이 고개를 들었다. 건우의 머리와 옷이 눈도 비도 아닌 것에 젖어 있었다. 우산도 쓰지 않고 달렸으니 말 그대로 엉망이었다. 꼭 바닥에 한바탕 거하게 구른 것 같았다.

건우와 눈이 마주쳤다. 이상하게 웃음이 새어 나왔다. 두 사람이 동시에 웃음을 크게 내뱉었다.

"하하하-."

"하하-."

아영이 웃으며 건우를 돌아보았다. 밤하늘을 올려보는 건우의 표정은 굉장히 후련했다. 저도 모르게 아영이 건우를 넋 놓고 보았다. 아영의 발그스레한 볼 아래로 입술이 부드럽게 휘었다.

건우를 따라 밤하늘을 보았다. 강렬한 도시의 빛과 잿빛 구름에 가려 별빛이 흐릿했지만 아름다웠다. 한낮의 햇살보다 더 눈부시게 느껴졌다.

완벽한 눈은 아니지만, 그래도 지금 이 풍경이 한순간에 아름다울 수 있는 건…….

아영은 생각했다. 그건 건우가 멋있기 때문도, 건우가 자신을 좋아해 주기 때문도 아니었다. 좋아하는 사람과 함께 있으면 어떤 상황이든 아름다울 수 있다는 사실을 아영은 깨달았다.

허공에서 두 사람의 눈이 마주쳤다. 건우가 부드럽게 미소를 지었다. 밤하늘 아래 찬란한 햇살이 맺혔다.

"한 번은 그냥 맞고 싶었어. 이제껏 용기가 안 났는데 너와 함께라면 맞을 수 있을 것 같았어. 멋대로 비 맞게 해서 미안해."

"아니야. 좋았어. 이렇게 크게 웃은 거 정말 오랜만이야."

건우가 아영의 젖은 앞머리에서 떨어진 물을 손가락으로 닦아주었다. 차가워진 뺨을 따라 따뜻하다 못해 뜨거운 건우의 손길이 느껴졌다.

"들어가면 바로 따뜻한 물로 샤워해. 감기 걸리면 안 되니까. 평소에도 좀 따뜻하게 입고 다녀. 넌 손발이 늘 차잖아."

아영이 빤히 건우를 올려다보았다. 그러다 피식 미소를 지었다.

"왜?"

"아니, 건우 오빠가 이렇게 말이 많았나 싶어서. 신기해서."

"그래서 싫어?"

아영이 고개를 가로저었다. 싫지 않았다. 오히려 좋았다. 달리는 것에 집중해 일그러진 얼굴도, 숨이 차 멍하니 하늘을 바라보는 무표정한 표정도 좋지만 건우의 웃는 모습이 최고였다.

아영과 건우가 서로를 바라보았다. 무척 다정한 눈빛이었다. 아영은 행복했다. 그래서 건우에게 상처를 받게 된다 하더라도 괜찮다고 생각했다.

"민아영."

아영이 대답하기도 전에 건우가 아영을 끌어안았다. 건우의 품은 단단했지만 따뜻하고 넘칠 정도로 넓었다.

"나랑 사귀어줘서 고맙다."

건우의 얼굴이 점차 다가왔다. 키스, 라고 생각하고 아영이 두 눈을 질끈 감았다.

이마에 가볍게 감촉이 느껴졌다. 아영이 천천히 눈을 떴다. 두 사람의 시선이 다시 마주쳤다. 심장이 내려앉았다. 눈앞에서 건우가 미소를 지었다. 쿵, 아영은 심장이 떨어지는 줄 알았다.

아영은 이 미소가, 입맞춤이, 자신을 바라보는 이 다정한 눈빛이, 기분 좋은 떨림이, 꼭 그날의 잘못에 대해 속죄해 주는 것 같아 가슴이 아려왔다.

3

크리스마스에도 어김없이 훈련이 있었다. 건우의 훈련이 끝나고 두 사람이 전부터 가기로 약속한 코인노래방에 왔다.

낯선지 주변을 두리번거리며 경계하는 건우와 달리 아영은 들떠 있었다. 아영이 익숙하게 기계를 조작하더니 반주 소리가 방을 메웠다. 곧 아영의 엄청난 노래가 시작되었다.

완곡한 아영이 잔뜩 기대에 찬 표정으로 건우를 돌아보았다. 아영과 눈이 마주친 건우가 참고 있던 웃음을 터뜨렸다. 아영의 볼이 둥글게 부풀었다.

"왜 웃어? 그렇게 이상했어? 이번엔 꽤 괜찮았다고 생각했는데."

"아니, 알고는 있었는데 생각한 것보다 훨씬 더 엄청나서."

"왜 다들 엄청나다고 하는 거야!"

"그야, 엄청나니까."

아영이 입술을 삐죽 내밀며 두 볼을 부풀렸다. 건우가 즐거운 듯 환하게 웃었다.

다음 노래가 시작되었다. 건우가 조용히 마이크를 집어 들었다. 낯설어하던 모습은 어디 가고 노래를 부르는 모습은 무척 자연스러웠다.

아영은 무슨 일이 벌어지는지 현실감이 느껴지지 않았다. 사실 아영은 건우가 부르는 노래를 처음 들었다. 건우는 평소에 노래는커녕 콧노래를 작게 흥얼거리는 일도 없었다. 노래방을 가게 되더라도 노래 부르는 일을 한사코 거절했다.

건우의 노래 실력이야말로 엄청났다. 아영이와는 정확히 반대의 의미였다.

아영은 정신을 차릴 수 없었다. 어떤 발라드 가수의 목소리도 이토록 감미롭지 않았다. 건우의 노래가 끝나지 않기를 내심 바랐다.

바람과 달리 노래가 금방 끝이 났다. 아영을 돌아보는 건우의 어깨가 당당하게 으쓱거렸다.

"나, 나도."

"응?"

"나도 잘 부르고 싶어!"

건우가 피식 미소를 지었다. 아영의 탐스러운 뺨을 엄지와 검지로 주욱 늘렸다.

"잘 부를지도."

"정알? 정알 그러케 땡각해?"

입술이 가로 벌려져 아영이 어눌한 발음으로 물었다. 건우가 더한껏 미소를 지으며 대답했다.

"응. 한 백만 년 부르면 잘 부르게 되지 않을까?"

아영의 동그란 눈이 늘려진 입술처럼 가로 길게 늘어졌다. 더 이상 참지 못하겠다는 듯 건우의 가슴을 통통 쳤다. 오히려 즐겁다는 듯 건우가 크게 웃었다. 건우의 눈물점이 멈추지 않고 오르락내리락했다.

코인노래방에서 나오는 두 사람의 얼굴이 개운했다. 건우가 아영에게 손바닥을 내밀었다. 익숙하게 아영이 건우의 손바닥을 자신의 손바닥으로 덮었다.

"학원 수업 없는 날 하루 종일 데이트하자. 하루 정도는 나도 훈련 쉴 테니까."

"좋아. 휴식도 필요하니까! 나 건우 오빠랑 가고 싶은 곳도 많고 하고 싶은 것도 엄청 많아."

"어디 가고 싶은데?"

순간 '꽃구경'이 떠올랐다. 아영이 서둘러 고개를 저었다.

"어디든. 오빠랑 함께할 수 있다면 어디든 좋아."

"그게 뭐야, 많다면서. 그래, 좋아. 어디든 다 가자, 둘이서. 우리에게 앞으로의 시간은 무척 기니까."

건우가 연신 웃었다. 아영은 그것만으로 충분했다. 건우를 바라보는 눈동자가 반짝였다. 아영이 입꼬리를 잔뜩 휘며 고개를 크게 끄덕였다.

돌아오는 길에 밤하늘을 올려다보았다. 그건 아영의 오랜 습관이었다. 얼마 전 내린 진눈깨비로 맑아진 하늘에 평소보다 많은 별이 반짝였다.

집에 도착한 두 사람이 서로를 마주 보며 섰다. 헤어지지 못하고 망설였다. 건우가 가방에서 무언가를 꺼냈다.

"선물."

"앗, 치사하게! 나한테는 절대 준비하지 말라고 신신당부했으면서. 오빠도 훈련하느라 준비 못 했다며?"

"열어 봐."

정사각형 모양의 박스를 건네받았다. 아영이 조심스럽게 박스를 열었다.

둥근 볼 안에 작은 게 모형이 하얀 가루로 덮여 있었다. 아영이 그것을 흔들었다. 하얀 가루가 눈처럼 둥근 볼 안에서 흩날렸다. 그 모습이 무척 아름다웠다.

"구하느라 힘들었어."

건우가 스노우볼 가장 위를 손가락으로 두드렸다. 그곳을 아영이 자세히 살폈다. 무언가가 반짝였다. 정체를 깨닫고 아영이 깜짝 놀랐다.

별처럼 스노우볼 천장에 수 놓인 그것은 게자리였다.

아영의 눈이 커지고 입술이 조금 벌어졌다. 그건 놀람과 감동의 표현이었다.

"이거 내 별자리야? 내가 게자리라는 걸 알고 있었어?"

"내가 너에 대해서 모르는 게 어딨어? 아, 그래서 하는 말인데 일기장에 너무 자세히 쓰지 마. 부끄러우니까. 너 일기 쓸 때 엄청 집중해서 오래 쓰잖아."

"내가 일기를 오래 써?"

"몰랐어? 쓰기 시작하면 한 30분은 꼼짝도 안 하잖아."

아영이 또 한 번 놀랐다. 일기를 오래 쓴다는 사실은 자신도 모르던 사실이었다. 아영의 표정을 확인한 건우가 피식 웃으며 말했다.

"모를 줄 알았어? 요즘엔 겨울이라 괜찮지만. 여름에는 커튼이라도 쳐. 다 보여. 내 방에서."

아영의 얼굴이 토마토만큼 빨개졌다. 건우가 춥다며 옷깃을 올렸다. 옷깃에 가려진 건우의 목덜미와 귓불이 빨갛게 달아올라 있었다.

"민아영."

아영을 바라보는 건우의 눈동자가 다정하게 깊었다.

"언젠가 꼭 도시 밤하늘에서는 보지 못하는 별, 쏟아질 것처럼 많은 별, 실컷 보여줄게. 지금은 이걸로 만족해 줘."

진짜가 아니어도 만족스러웠다. 아니, 그저 건우와 함께라면 어떤 것이든 좋았다. 그럼에도 아영은 고개를 끄덕였다. 건우와 함께 바라보는 진짜 별은 얼마나 아름다울까, 상상만으로도 설렜다.

"응, 약속이야."

건우가 싱긋 웃었다. 아영은 건우의 미소를 볼 수만 있다면 어떤 상황에 부닥쳐도 상관없었다.

그날 밤 아영이 일기를 쓰다가 불현듯 창문을 돌아보았다. 창문을 열며 조심스럽게 밖을 살폈다. 손을 뻗으면 닿을 것 같은 가까운 곳에서 살짝 열려 있는 옆집 창문이 보였다.

집 구조를 떠올리면 바로 알 수 있는 사실이었는데 자각하지 못했다. 아영의 방 건너편이 바로 건우의 방이었다.

아영이 창문을 서둘러 닫으려 했다. 살짝 열린 문틈으로 건우의 방이 보였다. 건우는 방에 없는지 보이지 않았다. 책상 위에 종이 가방 하나가 놓여 있었다. 종이 가방에 러닝화로 유명한 브랜드의 로고가 새겨져 있었다.

혹시 자기에게 줄 선물일까. 그것도 아니라면 한 켤레를 또 장만한 걸까.

반짝이던 눈동자가 차갑게 식었다. 그렇다고 하기에 종이 가방이 아무렇게나 내던져져 있었다. 저건 아무리 보아도 누군가에게서 받은 선물을 방치한 모양새였다.

아영은 완벽하게 나희네 그룹에 속해 있었다. 그날 이후 혼자 멍하니 앉아 있는 아영에게 나희가 다가왔다. 나희네 그룹과는 이전 세계에서도 같이 지냈기에 어렵지 않게 녹아들었다.

최근 핫한 떡볶이 프렌차이즈가 동네에 생겼다며 나희가 잔뜩 흥분했다. 학교가 끝나고 나희네 그룹과 함께 떡볶이를 먹으러 왔다. 아영이 건우와 현우를 데리고 와야겠다고 생각했다.

나희와 눈이 마주쳤다. 아영이 나희를 보며 미소를 지었다. 나희가 안심한 듯 옆에 있던 아이와 대화를 이어갔다. 나희의 시선이 스쳐 지나가자마자 아영의 얼굴에 근심이 내려앉았다.

어젯밤에 본 그건 무엇이었을까. 물어보고 싶었지만 물을 수 없었다. 이유는 알 수 없지만 무서웠다.

어느새 다른 아이들이 떠나고 나희와 둘이서 집에 가고 있었다. 나희가 조심스럽게 입을 열었다.

"아영아, 그 애 때문에 그러는 거지? 아무래도 너한테 말해야 할 것 같아."

"무슨 말이야? 말해 줘."

나희가 잠깐 아영의 안색을 살피더니 다시 입을 열었다.

"너 윤세라가 지금 무슨 짓을 하고 다니는지 알고 있지?"

갑작스럽게 세라의 이름이 튀어나와서 아영이 적잖이 당황했다. 그날 이후 세라와 눈도 마주치지 않았다. 물론 서로 연락을 하지도 않았다. 어떤 방법으로든 근처에 가기만 하면 세라가 크게 화를 내었다.

이 세계를 떠나기 전에 어떻게든 세라와의 관계를 되돌려 놓아야 했다. 하지만 아영은 어떻게 해야 하는지 알지 못했다.

아영이 시선을 피했다. 나희가 한숨을 나직하게 내쉬었다.

"잘 들어, 아영아. 윤세라, 지금 건우 선배한테 엄청나게 들이대고 있어. 매일같이 훈련하는 데 찾아가서 선물 바치고 졸졸 쫓아다니고 장난 아니래. 이 사실 너도 알고 있는 거지? 왜 알면서 아무 말도 안 해?"

세라가 건우를 좋아한다는 사실은 이미 알고 있었다. 그렇지만 건우와 아영이 사귀고 있는데 건우에게 대시할 거라고 조금도 생각하지 못했다. 아니, 정확히 생각하고 싶지 않았다.

이전 세계 일이 떠올랐다. 전갈자리 세계 세라는 애초에 건우를 노리고 아영이에게 다가왔다. 건우와 아영이 사귀고 있지만 아랑곳하지 않고 건우에게 대시했다. 두 사람 사이에 점차 오해와 피로도가 쌓이고 잦은 싸움 끝에 결국 헤어지게 되었다.

아영이 떨리는 입술을 겨우 열었다.

"어떻게 그렇게 확신해?"

"운동부에 친한 친구 있거든. 걔가 봤대. 나도 몇 차례 직접 봤고."

원래 세계에서 나희가 고백하겠다고 한 상대가 배구부일 거라고 한 세라의 말이 떠올랐다. 그 친구를 말하는 걸까. 그러다 이 세계의 나희는 고백했을까, 신경이 쓰였다.

이런 순간에도 다른 사람의 일이 궁금하다니. 지금은 그걸 물을 때가 아니라고 생각하며 고개를 내저었다.

"야, 너 내 말 듣고 있는 거야?"

"응, 듣고 있어."

"아무튼 윤세라한테 한마디 해. 건우 선배 여자 친구잖아."

'여자 친구'란 말에 아영의 심장이 두근거렸다. 그건 기분 좋은 떨림이 아니었다. 아영은 입꼬리가 무거워 차마 웃을 수 없었다.

그때 전화벨이 울렸다. 건우였다. 나희가 얼른 받으라고 성화를 부렸다.

"여보세요, 건우 오빠? 무슨 일이야?"

"오늘 훈련 일찍 끝나서. 어디야?"

아영이 나희를 돌아보았다. 나희가 이번엔 얼른 가보라고 손짓했다. 그러더니 아영의 대답을 듣지도 않고 손을 흔들더니 먼저 가버렸다.

학교에서 멀지 않은 곳에서 건우와 만났다. 건우는 트레이닝복 차림에 가벼운 패딩만 하나 걸치고 있었다. 숨이 살짝 거칠었다. 아영이 건우의 발목 상태를 살폈다. 다행히 나빠 보이지 않았다.

건우가 손을 내밀었다. 아영이 자연스럽게 자신의 손으로 포갰다. 따스한 체온이 전해졌다. 이대로 집으로 가고 싶지 않았다.

"배고프지 않아? 저기 요즘 핫한 떡볶이집 생겼는데. 떡볶이 먹고 갈래? 조금 정도는 괜찮지?"

자신이 걸어온 방향으로 건우를 이끌었다. 건우가 못 이기는 척 따라주었다.

건우가 다 익은 떡볶이를 아영이 앞접시에 덜어주었다. 아영이 떡볶이 하나를 입에 넣었다. 조금 전에는 무슨 맛인지 인지하지 못했는데 살짝 매콤하니 꽤 맛있었다.

아영이 떡볶이를 먹으려다가 내려놓았다. 입맛이 없었다.

"나 만나기 전에 뭐 먹었어?"

아영이 잠깐 고민하다가 대답했다.

"사실 조금 전에 친구랑 여기 와서 떡볶이 먹었어."

"뭐야, 그렇게 맛있었어? 바로 와서 또 먹을 정도로?"

건우가 웃었다. 아영의 입가도 천천히 부드럽게 휘었다. 역시 건우가 웃어주면 모든 문제가 해결되는 것처럼 느껴졌다.

"맛있는 걸 오빠랑 먹고 싶은 건 당연한 거잖아."

"그래, 그래. 그래서 하고 싶은 말이 뭐야?"

아영이 떡볶이를 먹으려다 다시 포크를 내려놓았다. 건우를 돌아보았다. 건우가 어깨를 으쓱하더니 어묵 하나를 집어 먹었다. 조금 매운지 쓸 쓸 공기를 들이마셨다.

자신에 대해서 정말 뭐든 다 알고 있었다. 아영은 건우를 속일 수 없겠다는 생각이 들었다.

"조금 전에 친구에게서 들었어. 세라 얘기."

뒷말을 잇지 않아도 무슨 이야기인지 알아듣는 눈치였다. 아영은 건우의 그 반응에 오히려 상처를 받고 말았다.

건우가 포크를 내려놓았다.

"괜찮아. 네가 불안해할 일은 하나도 없어."

아영이 건우를 돌아보았다. 두 뺨이 잔뜩 부풀어 있었다.

"그럼 '너'나 '민아영' 말고 '아영'이라고 불러 줘."

"뭐?"

"이름으로만 불러달라고."

아영이 투정을 부렸다. 건우가 처음에는 조금 당황하더니 이내 피식 미소를 터뜨렸다.

"아영아, 내가 알아서 잘 처신할 테니까. 믿어 줘."

건우가 아영의 머리를 쓰다듬었다. 그의 다정한 손길에도 불안감이 쉬이 사라지지 않았다. 아영이 못 이기는 척 고개를 끄덕였다.

　아영이 떡볶이를 한입 먹었다. 첫맛은 달콤했지만 끝이 화끈거리고 매웠다.

　아영이 현우와 함께 대문을 나섰다. 현우에게 간식을 챙겨주고 나오는 길이었다. 현우가 요즘 아영이 만드는 음식 맛이 달라졌다고 볼멘소리를 내며 반항했다. 그러고는 한 세트인 양 학원에 가기 싫다고 떼를 썼다.

　"전에 아영이 누나가 만들어 준 건 다 맛있었는데. 요즘 변했어. 예전 아영이 누나가 훨씬 좋아. 요즘 누나는 별로야."

　현우가 아영이 앞에서 시위라도 하듯 입술을 삐죽 내밀었다. 아영이 열심히 달랬지만 토라진 마음이 쉽게 돌아오지 않았다.

　아영을 등지고 서 있던 현우가 누군가를 발견하고 반색하며 큰 목소리로 불렀다.

　"형아! 지담이 형아!"

　아영의 가슴이 철렁 내려앉았다.

　"현우야, 안녕? 오랜만이네. 어디 가는 길이야?"

　"학원. 엄청 가기 싫지만 어쩔 수 없으니까. 아영이 누나도 집에서 조금 쉬다가 학원."

　아영이 뜨끔했다. 지담과 눈이 마주칠 것으로 생각했다. 아영이 최대한 자연스럽게 미소를 지으며 고개를 들었다. 지담의 눈길은 현우에게만 향해 있었다.

"그렇구나. 그럼 난 갈 데가 있어서. 두 사람 다 학원 잘 다녀 와."

"응, 알았어. 형아도 잘 가!"

지담이 끝까지 아영과 눈을 마주치지 않았다. 아영이도 최대한 지담을 보지 않으려고 노력했다. 가슴 속이 답답한 것도 애써 외면했다.

현우를 학원 차에 태우고 집으로 돌아왔다. 원래 계획은 집에서 잠깐 쉬다가 학원에 가는 것이었다. 아영이 학원 가방이 아니라 다른 가방을 챙기더니 서둘러 집을 나섰다.

아영이 향한 곳은 학교였다. 운동장에서 육상부가 훈련하고 있었다. 건우를 찾는 건 어렵지 않았다. 아영의 시선이 한 곳에 박혔다.

천천히 건우에게 다가갔다. 건우가 누군가와 대화 중이었다. 실랑이에 가까웠다.

"야, 너 제발 좀 가라."

"싫어요. 오늘은 하루 종일 선배랑 있을 거예요. 오늘 민아영 학원 가는 날이니까 괜찮잖아요. 그래도 명색이 여친이니까 지금 충분히 봐 주고 있는 거예요."

"하……"

건우가 길게 한숨을 쉬며 뒤돌았다. 그 순간 뒤에 서 있던 아영이와 눈이 마주쳤다. 건우의 사나운 눈매가 한순간에 부드러워졌다.

건우 옆으로 세라가 불쑥 나타났다. 아영을 보고는 예쁜 눈동자를 이지러뜨리며 비릿한 미소를 지었다.

"어머, 왔어? 마침 잘 됐다. 너의 실체에 관해서 이야기하려고 했거든. 선배, 아영이가 어떤 애인 줄 아세요?"

세라의 말을 무시하며 건우가 아영에게 다가갔다. 두 사람 사이를 세라가 가로막았다.

"선배는 민아영이 내숭 떠는 모습만 본 거예요. 쟤, 완전 이기적이고 내숭 덩어리예요. 착한 척 위선 떠는, 그런 애라고요! 엄청 비겁해요! 선배가 속고 있는 거라고요!"

말을 할수록 감정이 점점 격해졌다. 말을 끝낼 즈음에는 절규에 가까웠다.

아영은 세라에게 사과해야 한다고 생각했다. 이건 좋은 기회였다. 아니, 세라의 말을 막고 싶었다. 자신의 추한 모습을 건우가 알아버릴까 봐 겁이 났다.

"세라야……."

"자기가 이 세상의 주인공인 줄 알고 있을걸요?"

아영을 무시한 채 세라가 계속 말을 이었다.

"뒤에서 다른 애들 엄청나게 비웃고 있을 거예요. 내 마음도 다 알고 있었으면서, 내 마음을 가지고 놀았다고요. 선배가 그토록 좋아하는 민아영이!"

세라가 커다란 눈을 글썽이며 금세 울 것 같은 표정을 지었다. 떨리는 시선으로 건우를 돌아보았다.

"선배, 진짜예요. 제발 내 말 좀 믿어 줘요!"

건우가 세라를 돌아보았다. 두 사람이 서로를 바라보았다.

순간 심장이 크게 덜컹거렸다. 안 돼, 세라를 보지 마. 아영이 가만히 두 사람을 바라보았다. 건우가 한숨을 내쉬더니 입을 열었다. 그 순간 정말 숨이 멎는 줄 알았다.

"야, 윤세라. 그만하라고 했다."

건우가 세라의 이름을 알고 있었다.

세라에게 사과하고 싶었다. 세라와의 관계가 회복되길 간절히 원했다. 하지만 건우가 세라의 이름을 부르는 순간 아영은 세상이 무너지는 느낌을 받았다.

아영이 건우 옆으로 걸어가 세라를 마주 보았다. 그 눈빛이 어느새 차분해져 있었다.

"세라야, 널 응원하고자 한 마음은 거짓이 아니었어."

세라의 입꼬리가 날카롭게 치솟았다.

"그게 말이 되니? 이것 봐요. 이런 애라니까요?"

"난 모든 가능성을 부정하지 않아. 내 마음이 소중하듯 너의 마음도 소중하니까."

세라가 콧방귀를 뀌었다.

"하? 그래서 건우 선배랑 사귀는 거야? 그것도 내가 도와달라고 하자마자? 이때다 싶어서 냉큼? 야, 민아영! 도와주겠다며?"

"야, 그건……."

건우가 대신 말하려는 것을 아영이 가로막았다. 부드럽지만 단호한 아영의 표정에 건우가 뒤로 물러났다.

아영이 세라를 돌아보았다.

"세라야, 화를 내야 할 사람은 나야. 지금 건우 오빠와 사귀는 사람은 나고, 끼어든 건 너야. 잘못하고 있는 건 너라고."

세라가 다급히 건우를 올려다보았다. 세라를 바라보는 건우의 눈빛에 한 점의 긍정적인 감정도 없었다. 그대로 세라가 도망치듯 가 버렸다.

그제야 건우가 무거운 한숨을 길게 내쉬었다. 머리가 아픈 듯 건우가 관자놀이를 지그시 눌렀다.

"아영아, 오늘 학원 가는 날 아니야? 안 늦었어?"

아영이 고개를 푹 숙인 채 아무 대답도 하지 않았다. 건우의 표정이 순식간에 굳었다.

"알아서 잘 처신한다고 했는데 미안해."

이번에도 아영은 어떤 대답도 하지 않았다.

운동장에서 코치가 건우를 불렀다. 휴식 시간이 끝난 모양이었다. 건우가 아영에게 미안하다고 한 번 더 사과했다. 이번에도 아영은 어떤 반응도 보이지 않았다. 건우가 아영이 머리를 툭 쓰다듬더니 가버렸다. 표정이 퍽 서글펐다.

아영은 이 추운 날에도 어김없이 운동장을 달리는 건우를 한동안 바라보았다. 아영이 가방끈을 하염없이 만지작거렸다. 가방 안에는 기껏 챙겨온, 하지만 차마 건네지 못한 선물이 들어 있었다.

"하······."

아영이 깊은 한숨을 내쉬며 책상에 엎드렸다. 살짝 고개를 들어 눈앞에 놓인 스노우볼을 가만히 바라보았다. 아영이 스노우볼을 살짝 흔들었다. 흩날리는 별빛 가루가 게 모형 위에 쌓이고 이윽고 둥근 유리에 게자리가 맺혔다.

시선을 돌렸다. 스노우볼 옆에 딱 스노우볼만 한 박스가 놓여 있었다. 박스 겉면에 스노우볼 사진이 붙어 있었다. 건우에게 받은 스노우볼과 비슷하지만 조금 달랐다. 사진 속 스노우볼에는 게가 아니라 활짝 웃는 두 명의 쌍둥이가 그려져 있었고 둥근 유리에는 게자리가 아니라 쌍둥이자리가 반짝였다.

치열한 검색 끝에 겨우 찾았다. 오랜 기다림 끝에 드디어 받았다. 건우의 방에서 찬란히 빛날 순간을 기대했다. 별자리가 빛날 때마다 두 사람의 관계가 더욱 견고해질 것이라 믿어 의심치 않았다.

아영은 오늘도 쌍둥이자리 스노우볼을 건우에게 전해주지 못했다. 로보트 옆에 개봉하지 않은 스노우볼 상자를 두었다.

다급히 아빠의 그림책을 찾았다. 이 세계는 원래 세계와 매우 흡사하니 이번엔 있을 것이라고 확신했다.

아영의 예상대로 늘 두던 곳에서 『일곱 색깔 나라와 눈』을 찾았다. 아영이 그림책을 읽었다. 다 읽은 후 맨 뒷장 판권지를 확인했다. 초판본이었다. 아영의 고개가 한쪽으로 살짝 기울었다.

개정판을 찾았다. 어디에서도 개정판이 보이지 않았다. 갈 길을 잃은 손이 허공에서 얼어붙었다. 아영의 눈이 심하게 흔들렸다.

"잠이 안 와?"

뒤를 돌아보았다. 막 씻고 나온 엄마가 아영이에게 다가왔다.

잠깐 고민하던 아영이 고개를 끄덕였다. 엄마가 소파에 앉더니 아영을 옆자리로 불렀다.

아영은 엄마와 똑 닮았다는 이야기를 자주 들었다. 특히 작은 체형에 동그란 볼, 크고 둥근 눈매가 비슷했다. 신중하지만 친한 사람 앞에서는 말이 많아진다는 점도 비슷했다. 평소에는 밝지만 가끔 어울리지 않게 인자한 미소를 짓는다고들 말하였다.

엄마와 눈이 마주쳤다. 아영이 움찔했다. 엄마라면 자신이 이 세계 아영이 아니란 사실을 꿰뚫어 볼 것 같았다. 저도 모르게 시선을 피했다.

"아영, 궁금한 게 하나 있어. 침대 협탁 위에 올려둔 그 펜던트 목걸이, 어디서 난 거야?"

엄마가 무엇을 말하는지 알 수 있었다. 지담에게서 받은 펜던트 목걸이를 말하는 것이었다. 대답도 못 하고 당황하는 아영을 엄마가 가만히 바라보았다.

"아영, 엄마가 놀라운 이야기 하나 해줄까?"

엄마가 휴대폰 속 앨범에서 사진을 한 장 보여주었다. 아영이 한 번도 보지 못한 외할아버지 사진이었다. 필름 사진을 다시 찍은 것이어서 화질은 좋지 않았다.

두 사람의 시선이 다시 마주쳤다. 엄마가 앳된 얼굴과 달리 몹시도 깊은 미소를 지었다.

"예전에 엄마가 아빠 앞에서 한마디 말도 없이 사라진 적이 있어. 외할아버지가 강제로 날 외국으로 끌고 갔거든. 몇 년이 지나 외할 아버지가 과로로 쓰러졌어. 평소 원망이 컸던 난 외할아버지가 소중하게 간직하던 목걸이를 멋대로 버렸어. 그러자 놀랍게도 네 아빠가 출간한 동화를 발견했지."

휴대폰 화면을 가만히 응시하는 엄마의 시선이 멀었다. 아영이 외할아버지 사진을 살폈다. 외할아버지 목에 지담이 준 것과 똑같은 펜던트가 걸려 있었다.

놀란 표정으로 엄마를 돌아보았다. 무언가 하고 싶은 말이 많았지만 엄마의 쓸쓸한 표정에 말을 삼켰다.

"포기하고 있었어. 네 아빠는 벌써 날 잊었을 거라고 생각했거든. 어쩌면 원망하고 있을지도 모른다고. 그래서 만나러 갈 수 없었어. 동화를 읽고 깨달았어. 아직 날 잊지 않았구나, 찾고 있구나, 원망하지 않는구나. 곧바로 용기를 내어 만나러 갔어. 마침내 네 아빠와 재회하고 진정한 내 모습을 찾았어. 그토록 바란 일을 이룬 거야."

엄마가 활짝 웃었다. 아영이 저도 모르게 엄마를 따라 입꼬리를 들어 올렸다.

"그 목걸이를 어떻게 아영이 가지고 있는지는 모르겠지만. 이미 중요한 건 아영 안에 있어. 너 자신을 믿으렴. 그럼 길을 알려주실 거야. 합력하여 선을 이루시는 분이니까."

순간 자신은 다른 세계에서 온 아영이라고 고백할 뻔했다. 하지만 왠지 엄마는 그 사실도 이미 알고 있을 것 같단 생각이 들었다. 그러니 이 이야기는 쌍둥이자리 세계의 아영이 아니라 자신에게 들려주는 말이었다.

엄마가 자리에서 일어났다. 아영을 보며 싱긋 미소를 짓더니 방으로 들어갔다.

방으로 돌아와 아영이 가만히 기억을 더듬었다. 전갈자리 세계에서 지담은 목걸이를 하고 있지 않았다. 쌍둥이자리 세계에서 이 목걸이는 엄마가 버린 외할아버지의 유품이라고 했다.

이제 이 세계가 자신의 세계든 그렇지 않든 개의치 않기로 했다. 중요한 건 그게 아닌 모양이었다.

아영이 협탁 위에 올려 둔 펜던트를 손으로 쥐었다. 그 손끝에는 힘이 있었지만 얼굴은 퍽 서글펐다.

4

건우네서 저녁을 먹었다. 아저씨가 야근하는 날이면 곧잘 강 씨 형제와 저녁을 함께 했다. 오랜만에 밖에서 외식하거나 배달을 시킬까도 생각했지만 아영은 건우와 현우에게 집에서 한 밥을 먹이고 싶었다.

현우가 식사를 끝내자마자 제 방으로 들어갔다. 학교에서 새로 알게 된 모바일 게임을 하려는 모양이었다. 아니, 그 전에 아영이와 다툼 아닌 다툼 끝에 서먹서먹한 상태였다.

아영이 주변 그릇을 정리하며 자리에서 일어섰다. 건우가 서둘러 아영을 말렸다.

"나 혼자 해도 되니까 쉬고 있어."

아영이 고개를 절레절레 흔들었다. 건우가 피식 한숨을 쉬더니 아영을 자신의 방으로 데리고 갔다. 괜찮다는 아영을 굳이 침대에 앉히며 건우가 말했다.

"너 오늘 제 컨디션 아니잖아. 하루 종일 말도 없고 코도 맹맹하고. 책 봐도 되고 침대에 누워있어도 되니까 쉬고 있어."

건우가 방을 나갔다. 곧 개수대에서 그릇들이 부딪치는 소리가 들렸다. 경쾌한 리듬에서 익숙함이 느껴졌다.

아영이 주변을 둘러보았다. 짙은 무채색으로 가득한 방. 물건이 많지 않고 적당히 어질러져 있는 방. 건우와 잘 어울렸다. 코를 킁킁대며 냄새를 맡았다. 어렴풋이 건우의 샴푸 향이 났다.

매일 아침 건우는 이 방에서 눈을 뜨고 열심히 운동하고 다시 이 방 침대에 누워 잠에 들 터였다. 잠든 건우의 얼굴을 상상했다. 얼굴이 화끈거렸다.

자리에서 벌떡 일어섰다. 낮은 책장이 눈에 띄어 그쪽으로 다가갔다. 건우는 어떤 책을 읽을까. 당연히 운동, 체육, 육상과 관련된 책이 많을 거라고 생각했다. 책장에는 외로움, 고독과 관련된 책들이 대부분이었다. 아영이 책장에서 책을 한 권 꺼내려 할 때였다.

"재밌을 것 같으면 가져가. 책 읽는 거 좋아하잖아."

건우가 방으로 들어오며 말했다. 양손에는 컵 두 개가 들려 있었다. 컵에서 연기가 모락모락 피어올랐다.

"벌써 다 했어? 완전 빠르다. 수고했어."

"별로 없었으니까."

건우가 책상에 컵을 내려놓으며 침대에 털썩 주저앉았다. 건우는 이 방과 잘 어울리는 무채색 옷을 입고 있었다. 새삼 이곳이 건우의 방이란 사실이 실감 났다.

그런 생각을 하고 있을 때가 아니었다. 지금이 타이밍이었다. 아영이 마른침을 꿀꺽 삼켰다.

"건우 오빠."

아영의 부름에 건우의 날카로운 눈매가 부드럽게 휘었다. 건우의 눈길이 따스할수록 아영의 입가가 하염없이 아래로 떨어졌다.

"나 오빠랑 사귈 수 없어."

한 사람에게만 다정한 눈매가 서서히 얼어붙었다. 건우가 아무 대답도 하지 못한 채 아영만 바라보았다.

아영은 어젯밤의 각오를 건우에게 전해야 했다. 더 이상 눈앞에 있는 건우와 이 세계 아영이를 기만할 수 없었다.

"사실 나, 믿을 수 없겠지만 다른 세계에서 왔어. 이제껏 오빠가 본 아영이와는 다른 사람이야."

애초에 건우와 사귈 자격이 없었다. 그래서 아영은 건우의 고백에 거절할 생각이었다. 그랬는데…….

"잠깐 꿈꿨다고 생각해 줘. 미안해."

아영이 고개를 푹 숙였다. 단꿈에서 깨어난 것처럼 몹시 아쉽고 마음이 아팠다. 뒤늦게 저지른 죄에 대한 죄책감이 말릴 틈 없이 밀려들었다.

숙인 고개 너머로 안도의 한숨이 들렸다. 용기를 내어 건우를 올려다보았다. 건우는 부드럽게 미소를 짓고 있었다.

"뭐야, 그런 거야? 난 또 걔 때문에 헤어지잔 줄 알았잖아. 아영아, 그런 거라면 전혀 신경 쓸 필요 없어."

건우의 반응에 아영이 당황했다.

"어째서? 건우 오빠가 보아온 아영은 내가 아니라니까?"

"응, 괜찮아. 처음부터 알고 있었으니까."

아영은 진심으로 놀랐다. 건우가 아영의 머리를 부드럽게 쓰다듬으며 말했다.

"모든 아영이를 다 좋아하니까 괜찮아."

그런 말 하지 마. 아영이는 아영이니까. 난 모든 아영이가 좋아. 아영이가 상상하는 것보다 훨씬 많이.

비슷한 말을 지담에게서도 들었다. 밀려드는 당혹스러움에 그때와 달리 벅찬 감정이 울컥 올라왔다.

"어떻게 날 좋아할 수 있어? 내가 오빠한테 무슨 짓을 한 줄 알고. 나 때문에, 나 때문에……."

건우가 아영이를 껴안았다. 품이 단단했다. 그래서 아영은 더 슬펐다.

아영의 얼굴이 일그러졌다. 오래도록 가슴에 담아두고 있던 그날의 뒤엉킨 감정이 갑자기 터져 나왔다. 아영이 울 것 같은 표정을 지으며 그날의 어두운 감정을 토해냈다.

"그날 내가 오빠를 붙잡지 않았다면, 욕심을 부리지만 않았어도, 적어도 아줌마의 마지막 모습을 볼 수 있었을 거잖아. 오빠를 보내야 하는데 조금이라도 더 오래 같이 있고 싶어서 도저히 보내지 못했어. 그러니까 아줌마가 건우 오빠를 보지 못하고 떠난 건…… 다 내 탓이야."

"너 이제껏 그렇게 생각하고 있었어?"

"그날 내가 건우 오빠를 붙잡아 두지만 않았어도 오빠가 그토록 힘들어하지 않았을 거잖아. 비를 싫어하게 되지도 않았을 거고, 그런 슬프고 괴로운 꿈도 꿀 일 없었을 거야. 굳이 비 오는 날 슬퍼지는 감정을 이기려 할 필요도 없었을 거라고."

"그런 거라면 괜찮아. 그때도 이미 널 좋아하고 있었고. 다 내가 좋아서 스스로 한 일⋯⋯."

"그럴 리 없잖아! 내가 오빠에게도, 아줌마에게도, 현우에게도 다시는 돌이키지 못할 상처를 줬는걸!"

건우가 연신 아영을 토닥이며 진정시켰다. 건우의 다정한 손길에도 한 번 터져버린 감정은 쉽게 가라앉지 못했다.

갑자기 문이 벌컥 열렸다. 방문 앞에 현우가 서 있었다. 현우의 작은 품에 들려 있던 커다란 보드게임이 바닥으로 툭 힘없이 떨어졌다.

현우가 새파랗게 질린 표정으로 아영을 바라보았다.

"누나였어?"

현우를 돌아보는 아영과 건우의 눈동자가 잘게 떨렸다. 그날 가장 큰 상처를 받고 지금도 그날에 그대로 머물러 있는 사람은 현우였다. 그 사실을 현우의 상처 받은 표정에서 알 수 있었다.

"그날 형이 늦게 온 게 다 누나 때문이었어? 나가! 당장 우리 집에서 나가!"

그 순간 아영은 지담이 건우와 사귀는 일을 필사적으로 말린 이유를 깨달았다.

아영이 부랴부랴 집에서 나왔다. 이번에는 건우도 아영을 붙잡지 않았다. 아영이 집에 돌아가 몰래 눈물을 훔칠 때까지도 건우 책상에 놓인 두 개의 컵에서 연기가 모락모락 피어올랐다.

최대한 늦게 일어났다. 어차피 방학이었다. 학원 수업도 없는 날이어서 하릴없이 멍하니 있었다.

아영이 휴대폰을 확인했다. 연락이 온 곳은 하나도 없었다. 자기가 먼저 이별을 말해 놓고 연락을 기다리다니. 아영이 입가에 자조적인 미소가 번졌다.

그대로 휴대폰을 침대 위에 던져두고 방을 나갔다. 엄마는 출근하고 아빠는 작업실로 향했다. 집안이 적막했다.

가만히 소파에 앉아 허공만 바라보던 아영이 갑자기 주방으로 향했다. 밀가루와 달걀, 우유, 코코아파우더 등을 꺼내고 홀린 듯 무언가를 만들었다.

종이 가방에 조금 전 만든 것을 소중하게 담고 아영이 다소 비장하게 집을 나섰다.

아영이 향한 곳은 학교 운동장이었다. 운동하는 육상부로 가득할 것으로 생각했는데 아무도 없었다.

아영이 시선을 돌렸다. 스탠드 쪽에 누군가가 앉아 있었다. 세라였다. 서둘러 몸을 숨겼다. 심장이 둔탁하게 뛰었다.

마땅히 갈 곳이 없는 아영이 놀이터 벤치에 앉았다. 이따금 아이들이 다녀갔지만 날이 추워 오래 머물지는 못했다. 아이들이 놀기 시작한 지 얼마 되지 않아 다가온 엄마 손을 붙들고 자리를 떠났다. 아이들의 얼굴이 해맑을수록 아영의 마음이 무거웠다.

전화벨이 울렸다.

"여보세요. 나희야? 무슨 일이야?"

"아니, 그게. 세라는 걱정하지 말라고."

아영이 아무 대답도 하지 못했다.

"너라면 세라를 걱정할 것 같아서. 내가 괜한 이야기를 한 거 같더라고. 많이 후회했어."

"내가 세라를 걱정한다고?"

"응, 넌 그런 아이잖아. 우리가 너한테 티를 안 내서 그렇지, 항상 고마워하고 있어. 궂은일 다 네가 도맡아서 했잖아. 생긴 건 엄청 귀엽고 막냇동생처럼 생겼는데 왠지 널 보고 있으면 엄마가 생각난달까? 그만큼 편하고 포근하다고 할까? 마음이 참 깊은 애라고 다들 그래."

평소라면 무척 기뻤을 말이었다. 아영은 이 순간만큼은 그 칭찬이 슬프게 들렸다.

"나 그런 애 아니야."

"에이, 겸손 떨긴. 아영아, 건우 선배랑은 잘 지내지? 그런 사람이랑 이웃사촌에 소꿉친구라니 완전 부럽다, 얘."

"그러게. 건우 오빠 보고 싶다. 이제 볼 수 없을지도 몰라."

"뭐야, 무슨 소리야? 싸웠어?"

나희가 대수롭지 않은 일이라는 듯 웃었다. 그럴수록 아영의 눈동자가 슬픈 빛으로 일렁였다.

"그냥 싸운 거였으면 좋겠어. 그럼 사과하면 해결될 텐데."

"……아영아?"

그제야 심각성을 깨달은 듯 나희가 당황했다.

나희를 안심시켜 줘야 한다고 생각했다. 평소의 아영이라면 어떻게든 둘러대 별일 아닌 것으로 만들 수 있었다. 아영은 어떤 말도 하지 못했다.

"민아영, 여기서 뭐 해?"

나희에게 해줄 말을 고민하고 있는데 눈앞에 건우가 나타났다. 아영이 깜짝 놀라 전화를 그대로 끊어버렸다.

아영이 당황했다. 건우가 다가와 옆에 앉았다.

"이건 뭐야?"

건우가 아영이 옆에 있는 종이 가방 안을 살폈다. 초코머핀이라는 것을 확인하고 날카로운 눈매가 아주 조금 서글프게 휘었다.

"이거 현우 간식이지? 현우한테는 내가 전해 줄게."

"현우는 괜찮아?"

"괜찮……지는 않아. 그래도 곧 괜찮아질 거야. 아직 어려서 그런 거니까."

큰일이 아니라는 듯 말했지만 아영은 심각성을 느낄 수 있었다. 아영의 얼굴에 짙은 그늘이 졌다. 건우가 아영의 손목을 덥석 잡았다. 아영이 깜짝 놀라 건우를 돌아보았다.

"아영아, 우리 헤어진 적 없어. 현우는 내가 알아서 할 테니까 당분간만, 잠시만 기다려 줘."

손목으로 전해지는 건우의 손은 따뜻하다 못해 화상을 입을 듯 뜨거웠다.

"아니, 그냥 앞으로 현우 일은 신경 쓰지 마. 애초에 현우를 챙겨 준 것도 죄책감 때문이었던 거지? 그런 거라면 더욱."

죄책감.

그것이 비를 싫어하는 이유였다. 아영은 비를 볼 때마다 무겁고 어두운 감정에 속수무책으로 짓눌려야 했다. 심장이 무거웠다. 제대로 먹은 것도 없는데 명치가 얹힌 것처럼 답답했다. 미간이 심하게 일그러졌다.

아영이 무언가를 말하려다가 그만두기를 반복했다. 건우도 무슨 말을 하려다가 도로 삼켰다.

건우가 힘겹게 자리에서 일어났다. 희미한 미소가 끊어질 듯 위태로웠다.

"먼저 갈게. 우리 같이 있는 모습 현우가 보면 또 시끄러울 거라서."

"응. 얼른 가."

건우가 가려다가 돌아와 재차 강조했다.

"진짜 조금만 기다려 줘, 아영아. 알았지?"

기다리는 일 자체는 전혀 어렵지 않았다. 아영은 건우에게 어떤

긍정적인 대답도 해줄 수 없었다. 아영을 바라보는 건우의 표정이
슬펐다.

"갈게."

홀로 집으로 향하는 건우의 발걸음이 무거웠다. 아영이 그 모습
을 하염없이 바라보았다.

  마음이 참 깊은 애라고 다들 말해.

나희의 칭찬에 왜 슬펐는지 깨달았다. 주변을 둘러보았다. 자신
과 이 세계가 미묘하게 어긋나 있었다. 나희의 그 말은 아영을 향한
말이 아니었다. 슬픔에 젖어 있던 아영의 얼굴이 점차 단단해졌다.

건우의 모습이 사라지고 나서도 한참 그 자리를 지키고 있던 아영
이 천천히 발걸음을 돌렸다.

그림자 하나가 다가와 건우와 아영이 사라진 장소를 가만히 바라
보았다. 모자를 벗자 노랑머리가 바람에 흔들렸다.

시간이 덧없이 흘렀다. 길고 지루한 하루였지만 아영은 일기장에
몇 줄 적지 못하고 끝맺었다.

앞으로 넘겨 이 세계 아영이 쓴 일기를 읽었다. 소름이 돋을 정도
로 아영이가 쓴 문장과 똑같았다. 아영이 마지막 문장을 마저 읽고
일기장을 덮었다.

그날따라 스탠드 불빛에 반사되는 일기장 표지가 유난히 선명했다. 검푸른 바탕에 새겨진 쌍둥이자리가 실제 별처럼 반짝였다. 아영이 표지를 손끝으로 더듬었다. 헤어질 때 건우가 아영을 바라보던 시선처럼 애틋했다.

아영의 검은 눈동자가 천천히 움직이더니 책상 위에 올려 둔 두 개의 스노우볼로 향했다. 아영이 게자리 스노우볼을 흔들었다. 곧 둥근 세상 안에서 눈송이가 잔뜩 흩날렸다.

눈송이가 바닥에 살포시 가라앉았다. 스노우볼 눈송이와 달리 아영의 눈동자가 무겁게 가라앉았다.

시선을 살짝 오른쪽으로 돌렸다. 로보트가 당당하게 한 손을 들고 서 있었다. 이 로보트를 주던 어린 건우의 얼굴이 떠올랐다. 피식, 한숨 같은 미소가 지어졌다.

아영이 휴대폰을 들었다. 다시 전해야 했다. 그래서 지금 이 애매한 관계를 끝내야 했다. 고민 끝에 건우에게 연락하려는데 전화벨이 울렸다.

"아영아, 잠깐 괜찮으면 나올래?"

아영이 잠시 고민하다가 집을 나섰다. 아영의 집 앞에서 기다리고 있던 지담이 아영을 확인하고 손을 들어 인사를 건넸다. 지담이 별다른 말은 하지 않고 어딘가를 향해 천천히 걸었다. 자연스럽게 아영이 지담의 뒤를 따랐다.

"지담이 오빠, 무슨 일이야? 우리 어디 가는 거야?"

아영의 질문에도 지담은 대답 없이 그저 걸었다. 마침내 지담의 발걸음이 멈추었다. 놀이터 앞이었다. 그제야 지담이 아영을 돌아보았다. 옅은 갈색의 눈동자에 다정하지만 서글픈 어둠이 스며 있었다.

"아영아, 잊지 마. 난 네가 행복하기 위해서만 존재해. 건우는 내가 부른 걸로 돼 있으니까 천천히 이야기 나눠."

지담이 아영의 등을 밀었다. 앞을 돌아보자 그곳에 건우가 그네에 앉아 있었다. 아영이 다시 뒤돌았다. 지담이 온 곳으로 돌아가고 있었다.

아영이 천천히 건우에게 다가갔다. 아영을 발견하고 건우가 벌떡 일어나 아영에게 다가갔다.

건우를 보자 눈물이 나올 것 같았다. 아영에겐 눈물을 흘릴 자격이 없었다. 아영이 건우를 마주 보고 섰다.

지담의 배려로 만들어진 소중한 자리였다. 망설일 수 없었다. 아영이 담담하게 이야기를 시작했다.

"건우 오빠, 있지. 오빠한테 고백받았을 때 엄청 기뻤어. 나 참 못됐지?"

건우가 고개를 가로저었다. 아영이 쓸쓸한 미소를 지으며 말을 이었다.

"그런데 그 고백은 오빠한테 받은 게 아니야. 오빠가 고백한 상대도 내가 아니야. 그러니 오빠 고백에 대한 대답을 내가 하면 안 됐어. 건우 오빠 옆에 있어야 할 사람은 내가 아니니까. 애초에 나에겐 오빠 옆에 있을 자격이 없었으니까. 우리는 처음부터 어긋나 있었던 거야."

"아영아, 우리 어디 들어가서 이야기하자. 너 추워."

건우가 주변을 둘러보며 들어갈 만한 실내를 찾았다. 아영이 아랑
곳하지 않고 말을 지속했다.

"그날 나한테 우산 있었어. 항상 작은 우산 하나 사물함에 두고
다녔거든."

그날의 이야기란 사실을 깨닫고 건우가 움찔했다. 다시 돌아본 아
영의 표정이 무척 서글펐다.

"조금 일이 있어서 그냥 비를 맞아도 괜찮겠다고 생각했어. 그래
서 그대로 가려는데 오빠가 날 부른 거야. 당연히 먼저 갔다고 생각
한 오빠가 우산을 가지고. 오빠가 우산을 씌워주니까, 같이 가자고
하니까, 비 맞기가 싫어졌어. 그래서 말하지 못했어."

아영의 눈동자가 비 내리는 하늘보다 슬펐다.

"어서 가 보라고. 나는 괜찮으니까 얼른 아줌마와 현우에게 가 보
라고."

"민아영."

"세라 말이 맞아. 난 위선자고 비겁해. 마음이 깊은 아이라니, 말
도 안 돼."

"아영아, 너 지금 볼 엄청 빨개. 어디 따뜻한 곳에 들어가서 이야
기하자."

건우가 아영의 손을 잡았다. 아영이 건우의 손을 뿌리쳤다.

"민아영!"

건우가 소리쳤다. 큰소리에도 아영은 아랑곳하지 않았다. 슬픔과 어둠에 잠식되어 다른 소리가 들리지 않았다.

그 순간 아영은 다시 한번 생각했다. 이 결정이 옳은 걸까. 이런 말 할 자격이 자신에게 있을까. 아무리 고민해도 결과는 마찬가지였다.

이미 중요한 건 아영 안에 있어. 너 자신을 믿으렴. 그럼 길을 알려주실 거야. 합력하여 선을 이루시는 분이니까.

엄마의 그 말에 건우에게 솔직하게 말할 용기를 얻었다. 분명 이곳으로 보낸 이유가 있을 거라고 한 번 더 믿어보기로 했다.

"건우 오빠, 내가 왜 오빠와 사귀기로 한 줄 알아?"

아영의 표정이 애처롭게 일렁였다. 부드럽게 올라가는 입꼬리와 달리 눈가는 하염없이 슬픔으로 흘러내렸다.

"내가 원래 있던 세계에서 건우 오빠가 다른 세계의 건우 오빠랑 바뀌었어. 아줌마 생신날 오빠가 아줌마에게 다녀오고 나서 말이야. 난 내가 보아 온 건우 오빠를 찾고 있어. 이곳에 있다 보면 건우 오빠가 어디에 있을지 알 수 있을 것만 같았어. 그래서 오빠랑 사귄 거야. 나 엄청 이기적이지? 세라가 한 말이 다 맞아."

건우가 끊어질 듯한 미소를 지으며 고개를 저었다.

"이 세계는 내가 원래 있던 세계와 굉장히 비슷해. 그러니 분명 건우 오빠도 아줌마 생신날 무슨 일이 있지 않았을까, 그날 원래 세계의 건우 오빠가 겪은 것과 비슷한 경험을 하지 않았을까 생각해. 그걸 알고 싶어. 그걸 알면 이제껏 내가 보아온 건우 오빠를 찾을 수 있을 것 같아."

건우가 기억을 더듬었다. 건우의 시선이 다시 아영이에게로 옮겨졌다. 여전히 끊어질 듯 위태로운 미소였다.

"그럼 같이 가 볼래? 우리 엄마가 있는 장소로. 마지막 이별 여행이라 생각하고."

아영이 잠깐 고민하다가 고개를 끄덕였다.

그날 밤 아영은 어느 때보다 일기를 자세하게 기록했다. 이 세계 아영이에게 저지른 죄에 대한 참회였다.

5

시간을 확인한 아영이 의자에서 일어났다. 방을 나서려다가 뒤돌아 책상 위에 놓인 위풍당당한 로보트를 가만히 바라보았다.

대문 앞에서 기다리자 오래지 않아 건우가 나왔다. 샤워하고 나왔는지 머리가 채 마르지 않았다.

"머리 다 말리고 나오지. 감기 걸려."

"괜찮아. 감기 걸린 적 없어."

건우가 아영의 목도리 매무새를 다듬었다. 건우가 아영의 손을 잡더니 자기 주머니에 넣었다.

"갈까?"

"응."

함께 동네를 떠나는 동안 두 사람은 별다른 대화를 나누지 않았다. 건우 주머니에 마주 잡은 손만이 아직 연결이 끊어진 것이 아니란 사실을 알려주었다.

겨울 해는 매정했다. 많은 사람들의 미련에도 아랑곳하지 않고 자기 할 일은 끝났다는 듯 서둘러 가버렸다. 이른 시간에 벌써 지려고 하는 태양을 바라보며 아영과 건우가 묵묵히 걸었다. 아영은 그저 앞장서 걷는 건우의 뒤를 따라 걸을 뿐이었다. 어느새 맞잡은 손도 풀려 있었다. 아영이 아쉬움을 느끼다 고개를 저었다.

건우의 넓은 등 뒤로 아줌마의 얼굴이 떠올랐다. 웃는 얼굴이 참 아름답던 사람이었다. 하얀 얼굴에 손도 가늘고 길었다. 속눈썹도 무척 길어 어린 나이에 넋 놓고 보았다.

딸이 생긴 것 같아.

어린 아영의 머리를 묶어주며 즐거워하던 아줌마의 창백한 얼굴 이 떠올랐다. 웃지 않을 땐 사뭇 날카로운 눈매와 달리 아줌마의 손 길은 부드럽고 섬세했다.

그러고 보니 닮았다. 날카로운 눈매지만 웃을 땐 누구보다 예쁜 것과 차분한 성격, 묘하게 풍기는 매혹적인 분위기까지. 건우는 아 줌마를 참 많이 닮아 있었다.

건우의 발걸음이 멈추었다. 그 앞에 하얗고 둥근 유골함이 있었 다. 그곳에 이제 더는 사람의 형체를 하지 못하는, 이전 아줌마를 구 성하던 뼛가루가 담겨 있었다.

"엄마, 저 또 왔어요."

아래쪽에 있어 건우가 허리를 굽혔다. 아영이 따라 허리를 살짝 굽혔다.

건우는 그 이상 아무 말도 하지 않았다. 그저 유골함과 함께 놓여 있는 가족사진을 바라볼 뿐이었다. 넷이서 함께 찍은 유일한 가족사진이었다.

아영이 한참을 고민하다 겨우 입을 열었다.

"……늦었지만 생신 축하해요, 아줌마."

막상 말하고 나니 참으로 부질없는 말이었다. 죽은 사람에게 태어난 날을 축하하다니.

둘 다 말없이 사진만 보았다. 어린 건우와 현우 사이에서 아줌마가 환하게 웃고 있었다. 세 사람 뒤에서 아저씨가 어색하게 미소를 지었다.

아영이 건우를 살짝 돌아보았다. 무슨 생각을 하는지 표정 변화가 조금도 없었다. 주변 느껴지는 분위기가 무거웠다. 아영은 먼저 간 이들을 추모하고 기억하는 장소에 제법 익숙했다. 그런데도 숨이 막혔다. 만일 비라도 왔으면 오지 못했을지도 몰랐다.

"여긴 부부 공간이야. 나중에 옮겨도 된다고 하는데 엄마를 이곳으로 모신 건 아버지가 고집부려서야."

담담하게 말했지만 건우가 내뱉는 말끝이 떨렸다. 그만큼 아영의 심장도 떨렸다.

아영은 지금 이 순간 귀를 틀어막고 싶었다. 그럴 리 없다는 것을 알면서도 아줌마가 계속 죄를 캐묻는 것만 같았다. 그렇다고 건우의 말을 중간에 끊을 수 없었다.

"아빠가 죽으면 엄마와 한곳에 넣어달래. 그렇게라도 엄마를 다시 안아 보고 싶다고."

건우가 주먹을 불끈 쥐었다. 주먹이 부들부들 떨렸다. 아영이 건우의 손을 감싸려다가 그만두었다.

"이미 없는 사람과의 재회를 기다린다는 건 고통뿐인데. 그래도 그것뿐인 거야, 살아갈 이유가."

아영이 눈을 꼭 감고 숨을 참았다. 가슴이 답답해지면서 소리가 멀어졌다.

차라리 이대로 눈을 뜨면 다른 세계였으면 좋겠다, 그런 생각을 하고 있는데 에코백에서 작은 박스가 느껴졌다. 아영은 둥근 유골함과 둥근 유리 안에 하얀 가루가 흩날리는 스노우볼이 닮았다고 생각했다.

시선이 느껴져 고개를 들었다. 건우와 눈이 마주쳤다.

"춥지? 1층 로비에 의자 있으니까 거기로 가자. 자판기에 따뜻한 커피도 있어."

이곳에 왔을 때처럼 건우가 앞장섰다. 아영이 건우의 뒤를 조용히 따라 걸었다.

만일 이 세계 아영이었다면 어떻게 했을까. 아줌마와 건우에게 어떤 말을 해주었을까. 다른 건 몰라도 건우에게 힘이 되는 무언가를 해주었을 것이라 확신했다. 지금 자신과 달리.

위를 올려다보았다. 둥글게 뚫려있는 천창으로 잿빛 겨울 하늘이 보였다. 걸음을 걸을 때마다 얼룩진 하늘이 일렁였다.

1층 한쪽 벽면에 작은 쉼터가 있었다. 그곳에 마주 보고 두 사람이 앉았다. 건우의 시선이 점차 멀어졌다. 이야기를 시작하려는 것이란 사실을 깨닫고 아영이 집중했다.

"다 같이 엄마 생일을 축하한 뒤 혼자 잠깐 여기 앉아서 쉬었어. 훈련을 하고 온 것도 아닌데 이상하게 그날따라 피곤하더라고. 그래서 잠들어 버렸어."

건우의 시선이 멀었다. 살포시 미소 짓는 얼굴이 조금 쓸쓸했다.

"꿈을 꿨어. 꿈에서 꿈에만 그리던 미래를 봤어. 황홀해서 그 꿈을 더 꾸고 싶었는데, 조금만 더 보고 싶었는데, 갑자기 화면이 변하더라. 그러더니 아영이, 네가 울고 있었어. 짙은 여름 냄새가 났고 비는 내리지 않았지만 공기에 잔뜩 머금은 습도가 느껴졌어. 꿈속 아영이에게 다가가려고 했어. 아영이가 원한다면 얼마든지 옆에 있어 주려고."

건우와 눈이 마주쳤다. 멀었던 시선이 어느새 아영이를 직시하고 있었다.

"그때 불현듯 네가 보낸 메시지가 떠올랐어. 갑자기 네가 너무 보고 싶더라. 꿈속이 아니라 현실의 아영이를 말이야. 정신을 차려보니 꿈에서 깨어난 뒤였어. 서둘러 너에게 가야겠다는 생각밖에 들지 않았어."

건우의 미소가 부드러워졌다. 아영의 표정은 점차 굳었다. 울고 싶은 걸 꾹 참았다.

한참 생각에 잠겨 있던 아영이 힘들게 입을 열었다.

"있잖아, 건우 오빠. 이 세계 아영이도 아니면서 오빠의 고백을 받아들이고 속이려고 했던 모든 행동을 사과할게. 현우에게 상처 준

것도 정말 미안해."

조금 고민하다가 아영이 한 번 더 입을 열었다.

"건우 오빠가 훈련 때문에 피곤하다는 걸 잘 알면서도 불꽃놀이 보러 가자고 한 것도 미안해. 그러면 안 되었는데. 그것 때문에 오빠가 대회에서 다쳤잖아. 쉬어야 하는데 제대로 쉬지 못해서 피로가 쌓였던 거지?"

건우를 바라보는 아영이의 시선이 서글펐다. 건우가 아영을 가만히 내려다보았다. 아영의 머리를 툭 쓰다듬으며 말했다.

"우리 집이 왜 기일이 아니라 생일을 챙기는 줄 알아?"

아영이 고개를 저었다.

"엄마가 있었기에 우리 가족이 만날 수 있었던 거니까. 우리 가족의 시작이라고 할 수 있는 엄마의 탄생을 기념하고 싶었어. 이제 우리 곁에는 없을지라도 말이야."

건우의 미소가 조금 어설펐다. 그 끝이 슬프게 일그러졌다.

"사실, 엄마를 잃었단 사실보다 여름만 되면 힘들어하는 널 보는 게 더 힘들었어. 그런 상태로 엄마를 보러 가봤자 슬프기만 하니까. 그런 건 엄마도 슬플 거잖아. 엄마가 널 얼마나 예뻐했는데. 그러니까 이왕이면 웃을 수 있는 일로 가고 싶었어. 그러니까 고마워. 엄마 생일을 축하해줘서."

아영이 미세하게 미소를 지었다. 그 끝이 외로웠다.

"너는 웃는 게 어울려. 그러니까 웃어 줘. 노래도 마음껏 부르고. 우리 엄마가 돌아가시기 전에 너, 노래 엄청 불러댔던 거 알아? 대부분 무의식적인 거였지만. 아영이의 그 꾸밈없고 엄청난 노래가 난 참 좋았어."

아영을 바라보는 건우의 미소가 여전히 서글펐다. 아마 입꼬리 끝이 미세하게 떨려서 그렇게 보인 건지도 몰랐다. 아영이도 미소를 지어보려고 했지만 끝이 떨렸다.

그때 건우에게 전화가 걸려 왔다. 건우가 살짝 자리를 피하며 전화를 받았다.

"형, 왔어? 어디야? 아, 알았어. 고마워."

전화를 끊으며 건우가 다가왔다. 제법 개운한 표정이었다.

"이제 돌아가."

"돌아가? '돌아가자'가 아니라?"

아영의 머리가 한쪽으로 기울었다. 아영을 바라보는 건우의 표정에 아주 조금 미련이 맺혔다.

"응. 우리가 돌아가야 할 곳은 다르잖아. 이제 너의 세계로 돌아가. 이 세계에서 일어난 모든 일은 이 세계 사람들에게 맡기고. 그런 이유로 난 좀 더 엄마랑 있다가 갈게. 들어온 곳으로 나가면 지담이 형이 있을 거야."

지담이 왔다는 말에 아영이 적잖이 놀랐다. 수많은 물음이 목구멍으로 올라왔지만 아영은 어떤 말도 뱉을 수 없었다. 쌍둥이자리 세계 건우와 이별해야 할 순간이었다.

아영이 건우를 바라보았다. 시선을 피하지 않았다. 지금 건우에게 해줄 수 있는 마지막 배려였다.

"응, 그렇구나. 그럼, 안녕. 건우 오빠."

"응, 안녕. 잘 가, 민아영."

"이제 다신 만나지 못하겠지만, 그래도 늘 기억할게. 고마워. 좋은 시간을 내게 선물해 줘서."

"나야말로. 고맙다, 아영아. 나랑 사귀어줘서. 아, 네가 미웠던 적은 진짜 단 한 번도 없어. 어떤 순간에서든 어떤 상황에서든 널 좋아했으니까."

이제 더는 이곳에 남아 있을 이유가 없었다. 그런데도 아영은 쉽게 발을 떼지 못했다. 천장 위로 한 송이씩 눈송이가 떨어졌다. 그래서 아영은 더 떠나지 못했다.

"안녕."

"응, 안녕."

아영이 힘겹게 뒤돌아 건물을 빠져나왔다.

건우와 걸었던 곳을 혼자서 되돌아갔다. 눈물이 나올 것 같았지만 아영은 꾹 참았다.

추모 공원 입구에 하얀 차 한 대가 보였다. 그 앞에 지담이 서 있었다. 지담이 아영을 발견하고 다가갔다.

"지담이 오빠, 운전할 줄 알았어?"

"스무 살 되고 바로 면허 땄어. 아영이 놀라게 해주려고 했는데, 드디어 이뤘네. 아, 걱정하지 마. 틈틈이 연습했으니까."

"차는 어디서 났어?"

"친구한테 급하게 빌렸어. 쓰고 바로 돌려줘야 해."

집으로 돌아가는 길은 고요했다. 눈이 소리를 먹어서 그런 건 아니었다. 지담이 아무 말도 하지 않았다. 아영도 딱히 다른 말을 하지 않았다.

창문 너머로 스쳐 지나가는 풍경을 바라보며 아영은 생각했다. 지담이 이제껏 왜 건우를 선택하면 상처받는다고 했는지 그 이유를 이제는 확실히 깨달았다.

그날의 경위를 알게 되어 현우가 상처를 받고, 그로 인해 아영은 또다시 지울 수 없는 큰 상처를 받게 되었다.

아영은 앞으로 어떻게 하고 싶은지 자신을 돌아보았다.

갈 때는 대중교통을 이용하느라 돌아갔지만 올 때는 차로 곧바로 와서 금방 도착했다.

"지담이 오빠는 다 알고 있을 것 같아서 이야기해. 이제 그만 가려고 해."

아영이의 예상대로 지담이 무슨 말인지 아는 눈치였다.

두 사람의 시선이 허공에서 마주쳤다. 추모 공원 입구에서 만났을 때와 다른 눈빛에 지담이 조금 놀랐다. 어느새 아영의 눈빛이 단단해져 있었다.

"내가 있던 세계에서 건우 오빠가 바뀌었거든. 내가 이제껏 보아 온 건우 오빠를 찾을 거야. 그리고 있잖아, 지담 오빠. 난 지담이 오빠도 찾을 거야. 이전 세계 지담이 오빠와의 약속이기도 하니까."

지담이 벙쪘다. 그러다 소리를 내어 밝게 웃었다.

"응, 다 이루길 바랄게."

아영이 지담에게 손을 흔들고는 집으로 들어갔다. 제법 오래 머문 집이었지만 아영은 한순간 낯설었다.

엄마와 아빠에게 엄마, 아빠의 아영이를 돌려드릴게요.

방으로 들어가는 아영의 발걸음이 조심스럽지만 민첩했다.

서둘러 일기를 작성했다. 사소한 일 하나 빠뜨리지 않으려고 노력했다. 순식간에 아영의 하루가 한 페이지 가득 기록되었다.

일기장을 덮자마자 협탁 위에 올려둔 보라색 보석이 박힌 펜던트를 집어 들었다. 아영이 펜던트를 두 손에 꼭 쥐고 무릎을 꿇었다.

이제 너의 세계로 돌아가.

아영이 조금도 망설이지 않고 이전 세계에서보다 더 명확하게 소원을 빌었다.

"'나의 건우 오빠'가 있는 곳으로 보내주세요."

펜던트에서 강한 빛이 쏟아져 나오기 시작했다. 창백한 붉은빛이 아영의 몸을 맹렬히 휘감았다.

곧 정신이 아득해졌다. 몸이 붕 떠오르는 느낌도 들었다. 멀리서 여인의 노랫소리가 들렸다. 커다란 해바라기잎이 부딪히며 바스락거리는 소리도 들리는 것 같았다.

아영이 이내 정신을 잃었다.

4장.
검붉은 쌍둥이자리 세계는

0

거대한 해바라기가 온 시야를 덮는다.

눈앞에 펼쳐진 비현실적인 상황을 자연스럽게 받아들인다. 매번 보던 장소. 늘 꾸던 누군가의 꿈이란 사실을.

위를 올려다본다. 붉은 피의 비가 내릴 것으로 생각했는데 아무것도 내리지 않는다. 눈을 가만히 감는다. 피의 비는 내리지 않지만 이곳에 짙게 배어있는 피의 비릿한 향이 느껴진다.

먼 곳에서 노랫소리가 들린다. 매섭도록 반복되어 온 바로 그 노래. 코끝이 시큰하다. 가슴이, 심장이 죄어온다.

바스락-

풀잎이 밟히는 소리가 들린다. 소리가 난 곳을 돌아본다. 해바라기 줄기와 이파리 사이로 사막여우와 개 그 어딘가 사이에 있는 것 같은 작은 동물이 허공을 바라보고 있다.

포근할 것 같은 털과 달리 작은 동물의 시선이 멀고 쓸쓸하다. 그 끝을 따라간다. 해바라기 사이로 노래를 부르는 여인이 언뜻 보인다. 여인을 바라보는 시선이 퍽 서글프다.

이 눈동자를 언젠가 본 적이 있다. 기억을 더듬는다. 푹 눌러쓴 야구 모자 아래로 노란 머리칼이 번뜩 떠오른다.

깨닫는다. 이 눈동자는 체념이다.

바스락-

동물이 시선을 느꼈는지 돌아본다. 동물과 눈이 마주친다. 동물이 깜짝 놀라 도망간다.

잠깐만.

반사적으로 동물을 쫓는다. 다행히 멀지 않은 곳에서 동물이 멈추어 선다. 천천히 다가간다. 가까이 다가가자 동물의 목에 무언가가 걸려 있는 것을 발견한다. 판타지 세계에 있는 어느 별의 암석 같은 보라색 보석이 달린 펜던트다.

깜짝 놀라 손바닥과 목 언저리를 살핀다.

그 순간 머리 위로 무언가가 뚝 떨어진다. 위를 올려다본다. 피의 비가 내리기 시작한다.

정신을 차려보니 노래가 들리지 않는다. 작은 동물을 돌아본다. 피의 비에 물든 동물의 눈동자가 조금 전보다 더욱 서글프게 일렁인다.

천천히 시선을 돌린다. 여인이 거대한 해바라기 줄기에 기대어 앉아 있다. 그 옆에 누군가가 있다. 거리가 제법 있는데도 두 사람의 말소리가 또렷하게 들린다. 아니, 느낄 수 있다.

누군가가 일어난다. 다른 누군가도 따라 일어선다. 조금씩 멀어지는 말소리를 따라 조심스럽게 걷는다.

희망이라고 했던가? 당신의 나라는 어때?

이름을 불러준다면 답해 줄지도.

잠깐만, 플로로!

계속 기다렸어, 수노. 당신이 오기를. 당신이 내 이름 불러주기를.

여인이 남자의 품에 폭 안긴다. 내 이름이 불린 것도, 내가 안긴 것도 아닌데, 마음이 벅차오른다. 따스한 체온이 전해지는 것만 같다. 두 사람을 가만히 지켜본다. 바라보기만 해도 강한 만족감이 차오른다.

순간 무언가를 깨닫고 주변을 둘러본다. 어느새 옆으로 다가온 작은 동물이 말없이 서 있다. 두 사람을 바라보는 작은 동물의 시선이 다정하게 서글프다.

I

　번쩍 눈을 떴다. 교실 책상에 엎드려 잠들어 있었다. 아영이 주변을 조심히 돌아보았다. 자신만 세계에 맞물리지 못하고 어긋난 느낌. 강한 위화감이 느껴졌다.

　다시 돌아보니 낯선 아이들이 눈에 띄었다. 앉은 자리가 이제까지와 달랐다. 전체적으로 풍기는 분위기와 온도가 확연히 달랐다. 아영은 다른 세계로 온 사실을 깨달았다.

　비가 내리고 있을 것으로 생각했다. 창으로 들어오는 햇살이 따스하고 화사했다. 숨으로 들이키는 공기에서 긴장과 설렘이 느껴졌다.

　시야로 낯선 어른의 얼굴이 불쑥 들어왔다.

　"한 번도 졸지 않던 아영이가 웬일이야? 어디 아픈 건 아니지?"

　"아, 네. 괜찮아요. 죄송합니다. 정신 차리고 수업 들을게요."

　처음 보는 선생님이 아영을 걱정스러운 얼굴로 바라보다가 가셨다. 은근히 눈을 돌려 상황을 살폈다. 아이들의 옷차림이 가벼웠다.

반팔 체육복을 입고 있는 아이들도 보였다.

과목을 확인했다. 아영이 아직 배울 리 없는 교과서가 책상 위에 펼쳐져 있었다.

수업이 끝나자마자 세라가 아영이에게 달려왔다. 저도 모르게 아영이 움찔했다. 세라의 미간에 깊게 주름이 졌다.

"너 진짜 어디 아픈 거 아니야? 잠깐만, 너 머리가……. 아닌가? 뭔가가 좀 이상한데……."

세라가 아영의 머리칼 끝을 더듬으며 당황했다. 아영의 머리가 한쪽으로 기울었다.

"내 머리가 왜? 뭐가 이상해?"

"아냐, 아무것도. 아픈 거 아니면 됐어."

세라가 밝게 웃었다. 아영은 확신했다. 세라와의 사이에 별다른 문제가 없었다. 이 세계는 그런 세계였다. 안도감과 죄책감 사이에서 아영이 세라를 향해 다정하게 미소를 지었다.

옆에 있던 아이가 불쑥 고개를 들이밀며 대화에 끼어들었다. 복도에서 몇 번 마주친 것이 전부인 아이였다.

"학교 끝나고 가면 늦는 거 아냐?"

이번에도 대화를 이해할 수 없어 아영이 아무 말도 하지 못했다. 그래도 괜찮았다. 세라가 아영이의 대변인인 것처럼 대답을 자처했다.

"끝나자마자 바로 가면 가장 마지막에 하는 1,500m 경기는 볼 수 있어. 다른 경기를 못 보는 건 좀 아쉽지만 그래도 건우 선배 주종목이 1,500m니까."

"영상 찍어 와! 나도 건우 선배 달리는 거 보고 싶어. 훈련 말고 실전에서."

"여자 친구도 아닌 네가 왜 그게 보고 싶냐?"

"대한민국 육상의 미래가 될 선수 경기를 보겠다는 거지! 절대 오해하지 마, 아영아. 물론 건우 선배가 멋있단 생각은 하지만. 그건 뭐 다들 인정하는 디폴트잖아. 절대 늦지 마! 여친의 응원이 얼마나 힘이 되겠어?"

"뭐?"

아영이 놀라 소리를 질렀다. 다행히 아영의 당혹스러움은 세라의 말에 묻혔다.

"안 늦어. 그 누구더라? 황지…… 뭐였는데. 그 사람이 차로 데려다준다고 했대. 두 사람이랑 소꿉친구 같은 사람이야. 그래도 연상이니까 소꿉 오빠랑 소꿉 형인가? 동네 형? 아, 이건 어감이 좀 이상하다. 하여튼."

세라가 아영을 돌아보았다. 어떤 표정을 지어야 할지 몰라 당황하고 있는데 언제 수업 종이 울렸는지 선생님이 들어오셨다. 아이들의 시선이 그쪽으로 옮겨갔다.

이번에는 달라도 너무 달랐다. 아영은 짧은 시간에 알게 된 정보만으로도 벅찼다.

학교가 끝나자마자 세라와 손을 잡고 교문을 향해 힘껏 뛰었다. 날씨가 포근했다. 봄 내음이 물씬 풍겼다.

아영이 세라를 흘깃 보았다. 이 세계 세라라면 물어볼 수 있을 것 같았다. 두려움보다 궁금증이 앞섰다. 움찔거리던 입술이 천천히 벌어졌다.

"세라야, 있잖아. 네가 좋아하는 사람이 있어서 도와달라고 누군가에게 부탁했어. 그런데 그 사람이 네가 좋다고 한 사람과 사귀어 버리는 거야. 그렇다면 어떡할 거야?"

심장이 빠르게 뛰었다. 대답을 듣고 싶으면서도 듣고 싶지 않았다. 세라가 음- 소리를 내며 고민하더니 이내 입을 열었다.

"엄청나게 화나겠지. 뭐 이런 사람이 다 있나, 하고."

심장이 덜컥 내려앉았다.

"역시 그렇겠지?"

"그렇지만 어쩌겠어. 내가 좋아하는 사람이 내가 아니라 그 사람이 좋다는데. 애초에 가망 없는 일이었던 거니까 실연이라 생각하고 마음 추슬러야지."

세라가 아영을 향해 조금은 짓궂게 미소를 지었다. 마음이 뭉클했다. 그건 감동이었다. 아영은 이제껏 보내온 세계에서의 세라가 떠올랐다. 이전 세계 아영과 세라를 향한 죄책감에 슬퍼질 줄 알았는데 의외로 마음이 가벼웠다.

세라가 교문을 검지로 가리켰다. 아영이 돌아보았다. 입가가 활짝 휘었다.

먼저 와 기다리고 있던 지담과 만났다.

"잘 다녀 와. 좋겠다. 남친도 있고 잘 챙겨주는 소꿉 오빠도 있고. 아, 맞아. 이제 슬슬 2주년이지 않아? 미리 축하해."

세라가 아영을 향해 손을 세차게 흔들었다. 아영도 세라를 향해 손을 흔들었다.

지담이 눈짓으로 차를 가리켰다.

"그럼, 갈까? 늦으면 안 되니까 서두르자."

"어? 어, 응."

한 박자씩 느린 아영을 이끌고 물 흐르듯 상황이 자연스럽게 흘러갔다. 지담이 익숙하게 차를 몰았다. 가만히 지담을 바라보던 아영이 물었다.

"지담 오빠, 이 차도 친구 차야? 누구인지는 모르겠지만 차도 빌려주고 좋은 친구다."

"뭐? 당연히 내 차지. 무려 스무살이 되자마자 아버지가 사준. 처음 타는 것도 아니면서……."

지담이 당황하며 아영을 돌아보았다. 무언가 눈치를 챈 듯 눈동자가 커졌다. 아영도 눈치챘지만 아무 말 하지 않았다.

하고 싶은 이야기도, 물어보고 싶은 것도 많았다. 두 사람은 아닌 척 일상적인 대화를 이어갔다.

곧 육상대회가 열리고 있는 경기장에 도착했다. 지담이 입구 앞에 아영을 내려다주었다.

"그럼, 내 몫까지 응원 부탁할게. 동아리 활동이 있어서."

"응. 고마워. 조심히 가."

"응, 갈게."

지담이 미련 없이 떠났다. 아영이도 곧바로 뒤돌아 달렸다.

경기장 안으로 들어왔다. 마지막 경기를 준비하며 한쪽 구석에서 몸을 풀고 있는 무리가 보였다. 많은 사람들 사이에서 건우를 발견하는 일은 어렵지 않았다.

건우가 무언가 느꼈는지 뒤돌아 보았다. 아영을 향해 한껏 미소를 지으며 손을 힘차게 흔들었다.

눈부셨다. 감당할 수 없을 정도로.

아영이 건우를 향해 손을 흔드는 척 살포시 건우를 손가락 사이로 감추었다. 그런데도 건우의 얼굴이 보고 싶어 손가락 틈으로 건우를 바라보았다.

대회 내내 달렸지만 건우가 지치지도 않았는지 아영이에게 냉큼 달려왔다. 아영이 건우를 향해 환하게 웃었다.

"1,500m 금메달 축하해!"

건우가 아영의 손을 잡으며 걸었다. 건우의 손이 다정했다. 그건 대회에서 좋은 결과를 내었기 때문만은 아니었다. 조금은 들뜬 얼굴로 건우가 아영을 바라보았다.

"우리 곧 2주년이잖아. 그날 뭐할까?"

"2주년?"

아영이 당황했다. 그러고 보니 세라도 비슷한 말을 했다. 서둘러 계산했다.

크리스마스 무렵부터 사귀기 시작했다면 이 세계가 원래 세계보다 몇 달 앞서는 세계라고 해도 아무리 많이 잡아도 반년도 안 된 상태여야 했다. 2주년이 되려면 아영이 중학생 때부터 사귀어야 계산이 맞았다.

"왜 그렇게 놀라? 2주년이라고 더 좋아한 건 너잖아. 음, 아영이가 계속 노래를 불러대던 레인보우랜드 갈까?"

"내가? ……. 아, 그랬지. 나도 참, 너무 좋아서 깜빡했나 봐. 레인보우랜드 좋아. 완전 좋아!"

"그게 뭐야."

최대한 의심을 피하고자 건우의 말에 일단 맞장구를 쳤다. 그러면서 머릿속으로 아영은 생각하고 또 생각했다. 건우가 연신 키득거리며 웃었다.

만약 건우가 고백했다고 하더라도 아영이 받아주었을 리 없었다. 중학교 때는 지금보다 훨씬 더 큰 죄악감에 힘들어하고 있을 시기였다.

건우의 얼굴이 바투 다가왔다. 아영이 시선을 피하지 못하고 건우를 빤히 보았다.

"근데 너 오늘따라 표정이 좀 이상하다? 반응도 살짝 어색한 것 같기도 하고."

건우가 뭐가 그리도 재밌는지 웃는 걸 멈추지 않았다. 아영은 건우에게 강한 위화감을 느꼈다.

달랐다.

이 세계의 건우는 그 어느 건우보다 밝았다. 표정도 풍부하고 솔직했다. 그 사실이 사무치게 기쁘면서도 마음이 아팠다.

아영이 건우를 살폈다. 동그란 눈이 가늘게 길어졌다.

"……아는 거지?"

잔웃음을 내뱉던 건우가 고개를 끄덕였다. 어쩌면 그럴지도 모른다고 생각했다. 지담도 단번에 눈치챘다. 세라도 바로 이상함을 캐치했다.

아영이 건우를 올려다보며 말했다.

"괜찮아? 이제껏 건우 오빠와 추억을 쌓아오고 사귄 사람은 내가 아닌데."

아영의 걱정이 무색하게 건우의 미소는 조금도 사그라지지 않았다. 아영을 바라보는 그의 시선이 여전히 다정했다.

"뭐, 민아영은 민아영이니까. 너, 민아영 아니야?"

모든 아영이를 다 좋아하니까 괜찮아.

건우가 농담을 던지며 웃었다. 건우도 건우였다. 아영이 미소를 지었다. 하지만 미소 끝이 완벽하게 경쾌하지는 않았다.

바로 건우네로 향했다. 웬일로 아저씨가 계셨다. 현관문을 열자마자 현우와 둘이서 건우의 1,500m 금메달을 축하하는 작은 폭죽을 터뜨렸다.

집안이 온통 파티 분위기로 꾸며져 있었다. 아저씨와 현우가 파티용 선글라스와 고깔모자를 쓰고 잔뜩 상기된 표정으로 머리에 묻은 종이를 웃으며 떼고 있는 건우와 아영을 맞았다.

아저씨가 미리 배달시켜 둔 음식들로 저녁을 푸짐하게 먹었다. 건우가 아영이에게 음료를 건넸다. 눈이 마주쳤다. 건우가 피식 미소를 지으며 소매로 아영의 입가에 묻은 걸 닦아 주었다. 순간 심장이 멎는 줄 알았다.

이전 세계에서의 건우보다 파괴력이 있었다. 처음에는 그 이유가 잘 웃어서 그런 줄 알았다. 아니었다. 미세하지만 좀 더 뚜렷한 얼굴 윤곽에서, 더 단단한 몸에서, 성숙함이 느껴졌기 때문이었다.

아영이 시선을 돌렸다. 해맑게 웃으며 피자를 먹고 있는 현우가 보였다. 깜빡일 때마다 눈꺼풀 위로 이전 세계의 현우가 덧씌워졌다. 그렇게 사나운 표정을 짓게 만들다니. 그렇게 큰 상처를 입히다니. 현우의 미소를 두 번 빼앗았다는 생각에 가슴이 아팠다.

현우와 눈이 마주쳤다. 현우가 아영이에게 다가와 건우 방으로 이끌었다.

"아영이 누나. 다 먹었으면 이리로 좀 와 봐."

현우의 발걸음이 책장 앞에서 멈추었다. 현우 옆에 나란히 섰다. 두 사람의 키가 비슷했다. 아이가 아닌 소년의 손으로 현우가 책장 위를 가리켰다.

"이것 봐라? 이거 다 형이 따온 메달이다?"

높지 않은 책장 위로 많은 메달과 상장이 진열되어 있었다. 이제껏 건우가 쟁취한, 치열한 노력의 기록이었다.

"응, 정말 대단하다."

"원래 처음에는 벽에다가 못 박아서 메달 걸어뒀는데 너무 많아서 여기다 이렇게 쌓아두고 있어. 중요한 메달만 골라서 걸어 두려는데 너무 많아서 고민 중이야. 누나는 어떤 걸 벽에 걸면 좋겠어?"

"글쎄, 뭐가 좋을까?"

아영이 고민하며 주변을 둘러보았다. 무채색의 차분한 공간. 적당히 어질러져 있는 방. 이전 세계에서와 크게 다르지 않은 방이었지만 더 따스한 느낌을 받았다.

무심코 책상 위를 보았다. 별다른 것은 보이지 않았다. 괜히 실망하고 말았다. 아영이 쓸쓸한 미소를 지으며 시선을 옮겼다. 그 순간 침대 머리맡에서 투명한 무언가가 반짝였다.

아영은 그것을 너무도 잘 알고 있었다. 눈물이 핑 돌았다. 이전 세계에서 어렵게 구했으나 끝내 전하지 못한 그것. 쌍둥이자리 스노우볼이었다.

아영이 한동안 건우 침대 머리맡에 있는 쌍둥이자리 스노우볼에서 눈을 떼지 못했다.

집에 돌아오자마자 거실 책장을 살폈다. 어렵지 않게 서로 다른 두 권의 『일곱 색깔 나라와 꿈』과 그 옆에 나란히 꽂혀 있는 『일곱 색깔 나라와 눈』을 발견했다.

아영이 책을 하나 꺼내 판권지를 확인했다. 초판본이었다. 개정판이 보이지 않았다. 원래 세계에서 아빠가 개정판을 낼 때 수정한 장면을 살폈다. 아영의 눈이 커졌다. 기존 초판본과 달랐다. 아영이가 들고 있는 책은 처음부터 아무 문제가 없는, 수정할 곳이 없는, 완벽한 초판본이었다.

다급히 방으로 가 일기장을 꺼냈다. 예상대로 표지가 달랐다. 쌍둥이자리인 것은 이전 세계와 같았지만 배경이 되는 우주의 색이 달랐다. 눈앞에 있는 일기장은 와인색에 가까운 검붉은색이었다. 천천히 첫 장을 펼쳤다. 떨리는 마음으로 한 문장 한 문장 읽어 내려갔다.

아영의 눈동자가 떨렸다. 아영이 책장 가장 아래 칸에서 그날의 일기를 찾았다. 둔탁하게 뛰는 심장을 부여잡고 그날의 기록을 천천히 읽었다.

"이럴 수가……."

자신과 너무도 다른 선택을 한 아영의 이야기가 기록되어 있었다. 어쩌면 자신에게도 가능했을 일들에 마음이 아려왔다.

이 세계는 무척 이상적인 세계였다.

그 순간 깨달았다. 확신했다. 건우가 꿈에서 처음에 보았다던 세계가 바로 이 검붉은 쌍둥이자리 세계였다.

2

건우와 아영이 카페에 들어왔다. 대회가 끝나고 잠깐의 자유시간이 생긴 건우와 오랜만에 함께 시간을 보낼 예정이었다. 카운터 앞에 선 건우가 미세하게 동요하는 것이 느껴졌다.

마실 음료를 선뜻 선택하지 못하는 건우 대신 아영이 아이스 초코라떼와 자몽에이드를 주문했다. 자리에 앉으며 건우가 왜 오렌지나 레몬이 아니냐고 묻자 아영이 마시고 싶었으니까, 라고 대답했다.

음료가 나오고 건우가 아이스 초코라떼를 한 입 마셨다. 아닌 척 만족스러운 표정을 지었다. 그 모습이 꼭 현우 큰 버전 같아 아영이 빙그레 미소를 지었다.

처음 당당하던 태도는 어디 가고 시간이 지날수록 아영의 얼굴에 초조함이 흘렀다. 그 모습을 가만히 지켜보던 건우가 먼저 입을 열었다.

"그래서 무슨 이야기가 듣고 싶은 건데?"

자몽에이드를 홀짝이던 아영의 눈동자가 잘게 떨렸다. 아영이 잔을 내려놓으며 고개를 절레절레 흔들었다.

"속일 수가 없네."

"내가 너에 대해서 모르는 게 어딨어?"

건우의 말이 기쁘면서도 씁쓸했다. 마치 자몽에이드처럼. 아영은 씁쓸함이 어른의 무엇과 닮았다고 생각했다.

아영이 건우를 바라보았다. 큰 눈동자가 올곧았다.

"그날의 일을 이야기해 주면 좋겠어. 최대한 자세히."

아영의 한마디에 건우가 순식간에 그날로 날아갔다. 구체적으로 말하지 않아도 '그날'이 무슨 날인지 두 사람이 공유하고 있었다. 건우의 표정이 아주 조금 무거워졌다.

"왜 이제 와서……."

"내게는 정말 중요한 문제야. 그러니까 제발 가르쳐 줘. 그날의 일을 건우 오빠의 시점에서 듣고 싶어."

아영의 눈동자가 매우 간절했다. 그 모습을 가만히 지켜보던 건우의 검은 눈동자가 깊어졌다.

잠시 잊고 있던 과거를 정리하는 듯 가만히 생각에 잠겨 있던 건우가 천천히 입술을 열었다. 여태 슬픔에 침잠되어 있던 아영의 눈이 고요하게 일렁였다.

"그날 아침은 맑았어. 분명 일기예보에서는 오후부터 큰비가 온다고 했는데 비가 올 것 같지 않았어."

아영이도 조용히 그날의 아침을 떠올렸다. 분명 그날 아침 하늘은 투명하고 맑았다. 오늘 하루는 좋은 일만 있을 거라고, 그렇게 속삭이는 것 같았다.

"10시쯤부터인가? 갑자기 하늘이 흐려지더니 딱 학교가 끝날 타이밍에 맞춰 비가 내리기 시작했어. 그것도 엄청."

건우가 아영을 바라보는 눈이 무척 다정했다. 그런데도 아영은 건우를 보지 못하고 고개를 숙였다. 이야기에만 집중하고 싶었다.

"운동장에서 아침 훈련을 하고 있을 때 네가 우산을 챙기지 않은 걸 봤거든. 비가 쏟아지니까 걱정이 돼서 너를 찾았어. 그런데 너랑 같은 반 애들 몇몇은 보이는데 정작 네가 보이지 않더라고."

자신과 같은 반 아이들의 얼굴을 건우가 알고 있었단 사실에 놀라지 않을 수 없었다. 아영의 눈동자가 살짝 흔들렸다.

건우는 자신을 줄곧 지켜보고 있었다. 이미 그때부터 좋아하고 있었다고 한 건우의 말은 사실이었다.

"마침 너희 반 아이가 보여서 물었어. 그랬더니 남자애랑 교실에서 이야기하고 있다고 하더라고."

건우가 아영의 손등 위로 제 손을 포갰다. 건우의 시선은 아영에게 향하고 있었지만 아영을 보고 있지 않았다. 조금 화가 나 보이기도 했다.

"직감했어. 고백이구나."

그제야 시선이 가까워지며 아영이와 눈이 마주쳤다.

"네가 나오는 걸 기다리는데 엄청 초조했어. 그때처럼 불안한 적도 없을 거야. 진짜, 첫 대회 때도 그렇게 긴장 안 했는데."

웃는 얼굴과 달리 건우의 손에 힘이 잔뜩 들어갔다. 아영이 표정을 굳히며 고개를 아래로 숙였다.

"너희 반으로 가려고 할 때 네가 나왔어. 그것도 어두운 얼굴을 하고서."

아영이 알고 싶은 순간이 다가오고 있었다. 아영의 맥박수가 빠르게 증가했다.

"혼자라는 사실에 안심했어. 난 네가 분위기에 휩쓸려 고백을 받아 줄 수도 있다고 생각했거든. 너 거절 잘 못하잖아. 조금은 기쁜 마음으로 너에게 다가갔어. 그랬더니 네가……."

아영이 저도 모르게 마른침을 삼키며 건우의 입에 집중했다.

"왜 아직 여기에 있냐고 질책했어."

이거였다.

아영은 이 세계가 완벽할 수 있는 이유가 이 세계 아영의 그 말 덕분이라고 확신했다. 그건 그날 아영이로서는 생각하지도 못한 말과 반응이었다. 아영의 입가가 서글프게 휘다가 그대로 아래로 뚝 떨어졌다.

"너답지 않게 하도 성화를 내서 우산을 네게 쥐여준 채 그대로 병원으로 향했어. 병원에 도착하자마자 간호사님께서 날 다급히 부르더라. 상태가 심각하다고."

그때를 떠올리는 건우의 얼굴에 슬픔이 맺혔다. 그래도 너무 고통스러워 보이지는 않았다.

"병실에 도착했더니 엄마가 무척 힘들어하고 있었어. 그 옆에서 현우는 그냥 울기만 하고. 그래도, 그런데도……. 엄마가 끝까지 날

보고 웃더라. 그러면서 나보고 미안하다고, 현우 부탁한다고……."

한 마디 한 마디 건우가 힘주어 말했다. 아영은 애써 시선을 돌려 그 모습을 보지 않으려 노력했다. 다음 이어질 말을 이미 알고 있었다. 아영이 눈을 지그시 감았다. 눈꺼풀이 부르르 떨렸다.

"수술실로 들어간 엄마는 영원히 돌아오지 못했어."

몹시 힘들어하는 아영과 달리 건우는 담담했다. 건우가 아영을 돌아보았다. 그의 눈빛에 슬픔이 묻어 있지만 그것만 있는 것은 아니었다.

"그때 네가 나한테 빨리 가보라고 하지 않았다면, 그래서 내가 그때 곧바로 병원에 가지 않았다면. 엄마의 마지막 모습도 보지 못하고 마지막 말도 듣지 못했을 거야."

건우의 손이 다정했다. 아영은 심장이 울컥대며 쏟아내려는 어두운 감정을 가까스로 참아냈다.

"네가 참 고마웠어."

자신을 바라보는 건우의 눈동자가 너무 따듯해서, 맞잡은 손이 다정해서, 아영은 눈물을 왈칵 쏟을 뻔했다.

"네가 좋아. 너도 날 좋아해 줘서 정말 기뻐."

이 세계가 아영의 세계가 될 수도 있었다. 아영이에게도 가능한 순간이었다. 그날 검붉은 쌍둥이자리 세계의 아영이 택한 그 선택을 자신도 했더라면, 그 말을 건우에게 전했더라면.

아무리 후회하더라도 이제는 돌이킬 수 없는 과거의 순간이었다.

아영이 떨리는 목소리로 물었다.

"오빠는 나를……. 아니, '민아영'을 좋아하는 게 좋아?"

"말이 재밌네."

건우가 잠깐 생각했다. 아영을 돌아보는 눈매가 건우답지 않게 하염없이 부드럽게 휘었다.

"응, 좋아. 무척 많이."

밝은 미소가 눈부셨다.

그날의 날 선 상처가 없는 두 사람. 건우와 사귀는 것이 자연스럽고 응원받는 관계. 세라, 지담, 현우와도 아무 문제가 없는 곳. 지담의 가장 큰 상처까지 없는 세계.

아영이 그토록 바란 세계였다. 이기적이라고 하더라도 아영은 이 완벽한 세계가 자신의 세계가 되길 진심으로 바랐다.

카페에서 나왔다. 개천 변을 따라 온 세상이 핑크빛 꽃잎으로 뭉클하게 물들어 있었다. 끝없이 흩날리는 벚꽃잎에 향긋하고 따뜻한 봄기운이 흐드러지게 피었다.

많은 사람들 틈 사이로 건우와 아영이 손을 맞잡고 걸었다. 이따금 마주치는 눈빛은 하염없이 따뜻하고 다정했다. 오고 가는 말이 많지는 않았지만 미소가 끊이지 않았다.

눈처럼 흩날리는 벚꽃잎 사이로 나직한 목소리가 퍼졌다.

"내년엔 여의도로 가자."

"벌써 내년을 생각하는 거야? 내년은 오빠의 아영이랑 가야지. 나랑 가면 무슨 소용이야."

아영이 고개를 들어 건우를 보았다. 어깨에 걸려 있던 머리가 목 뒤로 흘러내렸다. 건우가 아영의 머리칼을 한 움큼 손바닥 위로 올렸다.

아영의 머리칼은 풍성하면서도 부드러웠다. 만연한 벚꽃 때문인지 아니면 봄이어서 그런지 향긋하고 달콤한 향이 나는 것처럼 느껴졌다.

"여기서 벚꽃 보는 건 지담이 형이랑도 한 거잖아. 오직 우리 둘만의 경험이 필요해."

건우가 실눈을 뜨며 아영을 바라보았다. 아영과 눈이 마주치자 싱긋 웃었다.

"지금 질투하는 거야? 아니, 애초에 난 오빠의 아영이가 아니라니까?"

아영이 밝게 웃었다. 건우의 뺨이 붉게 달아올랐다. 건우가 아영의 둥근 뺨을 살포시 꼬집으며 말했다.

"나 질투 엄청 많아. 그리고 너 민아영 맞잖아."

"알았어, 알았어. 그러면 벚꽃 말고 다른 꽃축제도 가자. 꽃축제란 꽃축제는 다 가보자."

"응, 그러자. 너는 노란 꽃을 좋아하니까. 그 이름 어려운 꽃 말이야. 뭐, 기본적으로 노란 꽃은 다 좋아하니까. 노란 꽃이 많이 피어 있는 곳으로 가자. 별도 보러 가야 하는데. 가야 할 곳이 많네.

좋다, 그런 거."

아영이 놀랐다. 노란 꽃을 좋아한다는 사실을 누구에게도 말한 적이 없었다. 특히 그 노란 꽃은 자신만의 비밀이라도 되는 듯 숨겼다. 아영의 입꼬리가 더욱 부드럽게 휘었다.

벚꽃이 흩날리는 모습이 비현실적으로 느껴질 만큼 아름다웠다. 별이 쏟아지는 밤하늘보다 황홀했다. 아영은 자신이 겪은 벚꽃 구경 중에서 가장 멋진 경험이라고 생각했다.

건우는 벚꽃이 아니라 아영을 바라보았다. 꽃잎 하나가 아영의 머리에 앉았다. 건우가 가만히 꽃잎을 떼어주려다 눈이 마주쳤다. 아영이 건우를 향해 어느 때보다 환하고 아름다운 미소를 지었다.

아영이 잠깐 망설이다가 건우의 팔짱을 끼었다. 두 사람이 벚꽃길을 오래도록 함께 걸었다.

  아저씨가 야근하는 날 현우를 재우고 건우와 함께 잠깐 밖으로 나왔다.

  "우리 꼭 신혼부부 같다."

  아영의 말에 건우가 미소를 머금었다. 건우가 아영에게 손을 내밀었다. 익숙하게 아영이 건우의 손을 포개어 잡았다.

  봄에 하는 밤 산책은 기분이 좋았다. 불어오는 바람은 살을 에는 날카로운 바람이 아니었다. 포근하고 시원한 봄바람에 향긋한 꽃향기가 물씬 배어 있었다.

  "우리 달릴까? 나, 건우 오빠랑 같이 달리고 싶어."

  "이제 손잡았는데?"

  아영이 건우의 팔을 당겼다.

  "손잡고 뛰면 되지. 오빠가 내 속도에 맞춰준다면 아무 문제 없어. 조깅한다고 생각해. 아, 그래도 오빠가 더 빠르려나? 하여튼 나 달리고 싶어. 건우 오빠, 우리 뛰자!"

건우가 못 이기는 척 아영을 따라 달렸다. 아영의 발 폭에 맞추다 보니 건우는 걷는 것에 가까웠다. 그런데도 어느 때보다 상쾌한 표정을 지었다.

아영은 이전 세계에서 건우와 함께 달리던 순간을 떠올렸다. 그날은 하늘에서 진눈깨비가 내렸다. 아영이 잠깐 하늘을 올려다보았다. 별을 감춘 검은 밤하늘이 끝없이 펼쳐져 있었다.

놀이터 앞에서 아영이 발을 멈추었다. 맞춰 건우도 멈추어 섰다. 건우가 아영을 바라보았다. 놀이터를 멍하니 바라보는 아영의 시선이 깊었다.

학교와 집 사이에 있는 이 놀이터는 아영이와 건우, 지담의 추억이 깃든 장소이면서 동시에 엄마와 아빠가 처음 만난 장소였다. 그리고 바로 이 장소에서 건우에게 고백을 받았고 이별을 전했다.

건우가 벤치에 앉았다. 달릴 때와 달리 한쪽 눈썹이 조금 일그러져 있었다.

"결심한 거지?"

"건우 오빠한테는 끝까지 속일 수가 없네."

피식 아영이 한숨 같은 미소를 내뱉으며 옆에 앉았다.

달려서 그런 건지 아니면 이제 이야기를 전해야 할 순간이 와서 긴장한 건지 아영이 진정되지 않는 숨을 몰아쉬었다. 옆에서 건우가 숨이 찰 때 숨 쉬는 방법을 알려주었다.

겨우 진정된 아영이 건우를 돌아보았다. 눈동자가 조금 슬펐다.

"있지, 건우 오빠. 나 이제까지 세 개의 서로 다른 세계를 지나왔어. 원래의 게자리 세계와 전갈자리 세계 그리고 쌍둥이자리 세계. 이곳은 또 다른 쌍둥이자리 세계야."

쉽게 믿을 수 없는 말을 전하는데도 건우는 어떠한 동요도 없이 담담했다. 이 사실조차 처음부터 이미 알고 있었다는 듯. 아영이 계속 말을 이었다.

"이곳은 내가 가장 원하던, 꿈에서나 그리던 가장 이상적인 세계야."

"그렇다면 여기에 있어."

대수롭지 않다는 듯 건우가 말했다. 그 말에 조금 상처를 받았다. 아영이 고개를 저었다.

"안 돼."

아영의 눈동자가 가라앉았다. 무언가를 느꼈는지 건우의 얼굴에도 한순간 미소가 사라졌다.

"이 세계 아영이는 따로 있으니까. 그리고 내겐 반드시 해야 할 일이 있어."

건우를 바라보는 아영의 눈동자가 일렁였다. 그런데도 시선은 어떤 망설임도 없이 올곧았다.

"있지, 건우 오빠. 난 건우 오빠가 좋아. 오빠가 생각하는 것보다 훨씬 많이."

건우가 미간을 찌푸렸다. 아영이 다정하게 말을 이었다.

"이곳은 나의 세계가 아니야. 건우 오빠도 나의 건우 오빠가 아니야."

"그런 건 상관없어."

아영이 미소를 지었다. 너무도 서글픈 미소에 건우는 말문이 막혔다.

아영은 떠올렸다. 이전 검푸른 쌍둥이자리 세계에서 건우에게 전한 마지막 말은 헤어져 달란 부탁이었다. 이곳에서는 이별을 전하고 싶지 않았다.

아영이 그때와 비슷하지만 전혀 다른 말을 건우에게 전했다.

"보내 줘. '건우 오빠의 민아영'이 돌아올 수 있도록. 내가 '나의 건우 오빠'에게 돌아갈 수 있도록."

침묵이 길었다. 침묵이 끝날 때까지 아영이 조용히 기다렸다.

한참 후 건우가 결심했다는 듯 아영을 돌아보았다. 심연처럼 깊은 눈동자에 아영은 건우가 어떤 결정을 내렸는지 알 수 있었다.

"괜찮겠어?"

아영이 고개를 끄덕였다. 건우의 입술이 둥글게 휘었지만 끝이 떨렸다. 매서운 눈초리는 어디 가고 하염없이 서글펐다.

"원하는 대로 해. 네가 원해서 선택한 결정이라면 나도 괜찮으니까."

"응, 그럼 갈게."

"응, 잘 가. 민아영."

아영이 자리에서 일어섰다. 건우는 일어서지 않았다. 아영이 그대로 자리를 떠났다. 건우가 멀어지는 아영을 붙잡지 않으려 고개를 돌렸다.

홀로 터벅터벅 밤길을 걸었다. 스스로 내린 결정인데도 힘든 건 어쩔 수 없었다. 발걸음이 무거웠다.

갑자기 주변이 밝아졌다. 고개를 들자 가로등 밝은 불빛이 오히려 시야를 가렸다. 너무 눈부셔 아영이 손바닥으로 살며시 가렸다.

한참을 바라보다 고개를 숙였다. 주머니에서 무언가를 꺼내 목에 걸었다. 원래 세계에서 지담에게 받은 펜던트였다.

아영이 조용히 노래를 불렀다. 누구도 듣지 않는, 엉망인 멜로디가 어둠 속에 울렸다. 처음 불러본 노래였지만 멜로디도 가사도 선명하게 떠올랐다.

노래를 부를 때마다, 저도 모르게 콧노래를 흥얼거릴 때마다, 단정하지 못한 멜로디가 제멋대로 튀었다. 그때마다 건우는 항상 눈부시게 웃어주었다. 그 미소에 아영이 신이 나 더 힘차게 노래를 불렀다. 하지만 이번만큼은 그러지 못했다.

눈물이 차올랐다. 이 눈물의 근원이 서운함인지 죄책감인지 그것도 아니라면 억울함인지 알 수 없었다.

참지 못하고 아영이 눈을 질끈 감았다.

5장.
보랏빛 겨울별자리 세계는

0

작은 동물이 진득한 모래 위에 앉아 먼 곳을 바라본다.

그 눈동자가 깊고 다정하지만 슬프다. 눈물을 흘리지는 않지만 울고 있다는 사실을 알 수 있다. 맥락 없는 광경이지만 무슨 상황인지 모두 이해된다.

가슴이 아프다. 시선을 피한다. 위를 올려다본다. 건조한 모래 먼지로 가득해야 할 그곳에 피의 비가 내리고 있다. 손으로 받아본다. 따스하다.

동물의 시선을 따라간다. 먼 곳에서 여인이 달리고 있다. 그 앞에 비현실적으로 아름다운 무지개가 펼쳐져 있다.

한순간 카메라가 당겨진 것처럼 시야가 여인 근처로 옮겨진다. 무지개 끝에 다다른 여인이 발을 살짝 들어 올린다. 괜찮다는 것을 확인하고 단숨에 무지개를 오른다.

플로로?

무지개 위에 먼저 와 있던 남자가 여인을 알아본다. 검붉은 눈동자가 잔뜩 일렁인다. 여인의 눈꼬리가 하염없이 내려간다.

수노, 안아 줘.

두 사람이 서로를 안는다. 원 없이 서로의 체온을 나누고 감촉을 느낀다. 해바라기밭에서는 아무리 원해도 할 수 없던 일. 서로를 바라보는 눈동자와 손길이 애틋하다.

남자가 제 넓은 가슴에 여인을 품은 채 말한다.

너는 내 모든 삶에서 유일한, 사라지지 않을 사랑이야. 내게 기회가 주어진다면 그땐 꼭 너에게 가장 먼저 갈게.

분명 달콤한 사랑의 언어지만 여인의 얼굴이 하얗게 질린다. 누가 먼저랄 것도 없이 손깍지를 끼고 서로를 바라본다.

여인이 남자의 뺨을 어루만지며 말한다.

신의 축복으로 또 다른 가능성이 우리에게 주어진다면.

남자가 뒷말을 알고 있다는 듯 자연스럽게 말을 잇는다.

그때는 가장 어여쁠 때 만나 서로의 눈가에 지는 깊은 주름만큼 사랑이 성숙되고 익숙해지는 서로의 숨결만큼 마음껏 서로를 사랑하자.

이번엔 여인이 남자의 말을 이어 끝맺는다.

죽는 순간까지 깍지 낀 이 손, 놓지 말자.

영원히 놓지 않겠다는 듯 손을 꼭 잡는다.

두 사람의 마음을 비웃기라도 하듯 남자의 몸이 이지러지기 시작한다. 여인의 얼굴이 다시 하얗게 질린다. 남자가 서둘러 여인에게 마지막 말을 건넨다.

안녕, 플로로. 안녕, 나의 유일한 사랑.

여인이 미처 마지막 인사말을 전하기도 전에 남자가 눈앞에서 사라진다. 무지개다리도 급속도로 옅어지기 시작한다.

정신을 차려보니 진득한 모래 위에 여인 혼자 덩그러니 주저앉아 있다. 현실을 받아들일 수 없다는 듯 괴로움에 몸부림친다.

진실을 받아들일 수 없는 건 나도 마찬가지였다.

남자가 사라지기 직전, 분명히 보았다. 오른쪽 눈 밑에 선명한 눈물점을. 그 눈물점을 아주 잘 알고 있다.

I

코끝으로 짙은 여름 향이 불쑥 들어왔다. 피부로 높은 습도가 느껴졌다. 땀과 습기가 만나 형성된 끈적한 막 같은 것이 온몸을 감싸고 있는 느낌이 퍽 불쾌했다.

아영이 눈을 번쩍 떴다. 귀가 빠르게 열리며 주변에서 웅성거리는 아이들의 소리가 들렸다. 그리운 감각이 느껴졌다.

교실이었고 아이들이 조금 어려 보였다. 아이들이 입고 있는 바지와 치마가 초록색이 아니라 회색이었다. 그건 중학교 교복이었다.

마음이 심하게 동요되었다. 아영은 직감했다. 그날이었다.

"야, 너 어디 아파? 왜 그렇게 멍때려?"

누군가 아영의 어깨를 두드렸다. 한 학기 내내 옆에 앉아 있던 아이였다. 그 아이를 보자 눈동자가 더 크게 흔들렸다.

"나 완전 멀쩡해. 걱정해 줘서 고마워."

"그래? 오늘 비 온다는데 너 우산 챙겼어? 아침에 보니까 안 챙긴 것 같던데?"

"우산 있어, 사물함에. 하나 늘 넣어 놓거든."

아영이 어색하게 웃었다. 짝이 조금 실망한 눈초리로 자리에서 일어섰다.

"하긴 너처럼 의외로 준비성 좋은 애가 안 챙겼을 리 없지."

혼잣말 같은 말을 내뱉고 짝이 교실 가운데 있는 가장 큰 무리로 들어갔다. 아영이 날짜를 확인했다. 예상대로 방학식이 있던 그날이었다.

"중학생 시절이 아주 중요합니다. 중학교 시절 방학을 어떻게 보내는지가 여러분의 인생을 좌우합니다. 짧은 방학이라고 방탕하게 보내지 말고, 부디 학업에…….."

교내 방송으로 진행되는 방학식은 매우 형식적이었다. 방송을 보는 아이들이 없었다. 선생님도 상관하지 않았다.

네모난 공간 속 오직 아영이만 모니터를 바라보았다. 하지만 아영이의 커다란 눈동자에 영상 속 교장선생님이 맺혀 있지 않았다. 시선이 멀었다.

화창하게 맑던 날씨가 방학식이 시작하자마자 조금씩 흐려지기 시작했다. 그러더니 교장선생님의 훈화 말씀이 끝날 때쯤 한 방울씩 빗방울이 떨어졌다. 아영의 안색이 하얗게 질렸다.

"무슨 일이 있어도 사고만은 치지 말고! 건강한 모습으로 무탈하게 2학기에 만나자. 방학 잘 보내라, 얘들아."

담임선생님의 말씀을 끝으로 드디어 여름방학이 시작되었다. 아영이 벌떡 일어섰다. 교실에서 도망쳐야 했다. 중요한 건 검붉은 쌍둥이자리 세계 아영이처럼 건우를 일찍 병원으로, 아주머니와 현우 곁으로 보내는 일이었다.

옆에 앉아 있는 아이를 돌아보았다. 왜 하필 이런 나를……. 그런 생각을 하다가 그만두었다. 짝에게는 미안하지만 아영은 건우의 일만으로도 벅찼다.

다행히 아영이 교실에서 빠져나가기 직전까지 짝은 친구들과 이야기를 나누고 있었다. 기회였다. 아영이 서둘러 교실 뒤편에 있는 사물함 문을 열었다.

"야, 민아영. 잠깐만!"

우산을 집으려는 순간 그가 다급히 다가왔다. 아영이 시선을 피한 채 말했다. 누가 봐도 얕은 변명에 불과했다.

"미안한데 내가 급해서……."

"잠깐이면 돼. 진짜 중요한 일이야."

가봐야 한다고 말해야 했다. 짝의 간절한 목소리를 들으니 거절할 수 없었다. 주변에서 짝의 친구들이 몰려왔다. 짝의 어깨를 두르며 짓궂게 말했다.

"오, 드디어 하는 건가요?"

"성공하길 빈다."

"잘~ 어울린다!"

친구들이 한마디씩 할 때마다 아영의 얼굴이 굳었다. 그래서 더 고개를 들 수 없었다.

"저리 꺼져."

짝이 친구들을 쫓아냈다. 친구들은 끝까지 환호성을 날리고 휘파람을 불며 멀어졌다.

친구들이 시야에서 사라지자 주변이 조용해졌다. 짝이 머쓱하게 웃으며 아영이 앞에 바로 섰다.

아무도 없는 빈 교실은 적막했다. 창밖에 내리는 강한 빗줄기 소리와 눅눅한 여름 냄새로 가득했다. 조금 전만 해도 이곳에 있던 많은 아이들의 활기찬 생기가 꿈처럼 느껴졌다.

짝이 문을 닫았다. 두 사람이 외부와 완전히 차단되었다. 수많은 아이들이 공유하던 장소가 순식간에 두 사람만의 은밀한 공간으로 변했다.

평소 당차던 짝이 쉽게 입을 열지 못했다. 두 사람 사이에 기묘한 분위기가 풍겼다.

그런 것이었다. 고백이라는 것은.

"아마 넌 상상도 못 했을 건데. 아! 이거 별거 아닌 줄 알았는데 진짜 긴장되네."

드디어 짝이 입을 열었다. 그 순간 아영은 창틈으로 새어 들어오는 눅눅한 여름비 냄새를 맡고 있었다. 그 냄새는 건우가, 아니 아영이 싫어하는 냄새였다. 하지만 이때까지만 해도 그리 싫어하지 않았다. 굳이 따지자면 아영은 비 내리는 소리를 좋아했다.

건우가 이 냄새를 싫어하게 된 건 이날 이후였다. 그건 아영이도 마찬가지였다.

"나 너 좋아해."

짝의 뺨이 홍당무처럼 빨갰다. 불안한 듯 눈동자가 심하게 흔들렸고 아랫입술을 잘근잘근 깨물었다. 평소와 달리 장난기 하나 없는 말에서 진심이 느껴졌다.

그땐 처음 겪은 상황에 당혹스러워 깨닫지 못했다. 이제는 알 수 있었다. 고백이 얼마나 큰 용기를 구하고 힘든 일인지.

아영이 잠깐 고민했다. 이 아이와 사귀는 가능성도 존재했다. 아영은 어떠한 가능성도 부정하고 싶지 않았다. 만일 그렇다면 건우도 서둘러 병원으로 가지 않을까. 오히려 상처를 덜 받게 되지 않을까.

아영의 눈동자가 점차 가라앉았다. 아영이는 도저히 짝의 고백을 받아줄 수 없었다.

"승혁아."

잠시 잊고 있던 중학교 시절 짝의 이름을 불렀다. 무언가 결심한 듯 짝을 바라보는 아영의 눈빛이 단단했지만 조금 슬펐다.

원래 세계에서 짝에게 어떤 대답도 해주지 못했다. 짝은 아영의 침묵을 거절로 받아들였다. 담담한 척했지만 끝내 상처받은 얼굴로 고개를 푹 숙였다.

아영의 입이 움찔거리다 천천히 벌어졌다.

"미안해. 나 좋아하는 사람이 있어."

짝이 조금 당황하더니 이내 미소를 지었다. 아니, 입꼬리는 웃었지만 눈은 울었다. 쥐고 있던 우산을 꼭 쥐었다.

"……알아. 아는데 그냥 전하고 싶었어, 내 마음을. 그러니까 얼른 가 봐.”

아영의 눈이 커졌다. 짝이 피식 미소를 지었다.

“아, 후련하다. 너 안 갈 거면 내가 먼저 간다? 개학하면 평소처럼 인사받아 줘.”

짝이 아영을 향해 조금은 짓궂게 웃더니 교실에서 나가버렸다.

잠깐 생각에 잠겨있던 아영이 서둘러 교실을 빠져나왔다. 그러다가 그만 우산을 챙기는 걸 깜빡하고 말았다. 되돌아갈 수 없었다. 시간을 더 이상 지체할 수 없었다. 아영은 현관을 향해 달렸다. 쿵 쿵 울리는 발걸음 소리가 마치 심장 소리 같았다.

그날을 떠올렸다. 원래 세계에서 승혁이는 아영을 먼저 교실에서 내보냈다. 현관에 다다라서야 우산을 챙기지 않았다는 사실을 깨달았다. 다시 교실로 돌아가야 하나 고민했지만 아영은 끝내 짝이 있는 교실로 돌아가지 못했다.

우산을 놓고 온 사실이 건우를 붙잡아두는 좋은 핑곗거리가 되었다. 오랜만에 함께 하는 시간이 너무 좋아서 아영은 건우를 간절히 기다리는 사람들에게로 서둘러 보내지 못했다. 집에 도착해서라도 보내야 했지만 아영은 물 한 잔 마시고 가라며 건우를 또 한 번 붙잡았다.

어두운 복도 너머로 밝은 빛이 보였다. 흐릿한 빛과 달리 여름 특유의 비릿하고 무거운 비 냄새가 짙었다.

현관에 도착했다. 기억보다 더 많은 비가 무섭도록 거세게 퍼부었다. 아영이 살짝 하늘을 올려다보았다. 검은 구름으로 가득한 하늘이 수직으로 내리는 빗줄기에 잔뜩 일렁였다.

"야, 민아영. 왜 이제 와?"

마침내 기다린 순간이 당도했다. 왜 아직도 여기에 있어. 정답인 그 말을 속으로 몇 번을 되뇌고 나서야 고개를 돌렸다. 자신을 바라보는 건우와 눈이 마주쳤다.

건우가 아영을 바라보며 미소를 지었다. 지금보다 키가 작고 근육량도 적었다. 중학생 건우였다. 그 모습을 보자 그리움에 입이 떨어지지 않았다.

"우산 안 챙겼지? 넌 다른 데는 성실한데 정작 자기 자신한테는 불성실하더라. 그 버릇 고쳐."

아영은 이전 세계에서 알아 온 정답을 건우에게 말해야 했다. 하지만 앳된 건우의 풋풋하고 밝은 미소를 보니 쉽게 입이 떨어지지 않았다. 다시는 볼 수 없는 이 미소를 조금만 더 오래 보고 싶었다. 최대한 이 순간을 지속시키고 싶었다.

아영이 눈을 질끈 감았다. 겨우 벌어진 입에서는 정답이 아닌 말이 튀어나왔다.

"우산 있어."

"있으면 꺼내 봐."

건우가 확신에 차 말했다. 아영이 가방을 열다가 손을 멈추었다.

건우를 돌아보았다. 건우가 그럴 줄 알았다는 얼굴로 제 우산을 흔들어 보였다.

그토록 다짐했는데 막상 자신을 바라보는 한없이 다정한 건우의 검은 눈동자를 보니 차마 입이 떨어지지 않았다.

더 가까이 다가가고 싶었다. 옆에 나란히 서고 싶었다. 그의 목소리를 듣고 체온을 느끼고 싶었다. 그렇게 함께 공유하는 시간을, 같은 추억을 최대한 많이 쌓아가고 싶었다.

아영이 주먹을 꼭 쥐었다. 꿈속에서 본 두 사람의 애절한 깍지가 언뜻 떠올랐다.

고개를 내저었다. 그날을 반복할 수 없었다. 아영이 눈을 질끈 감고 외쳤다.

"아줌마한테 가봐야 하잖아. 내 걱정은 하지 말고 얼른 가 봐."

아영이 간절한 마음을 담아 건우를 돌아보았다. 아영을 바라보는 건우의 눈매가 여전히 부드러웠다.

"됐어. 너 집에 바래다주고 병원 가도 충분해. 평소보다 일찍 마쳤잖아."

건우가 태평하게 말했다. 아영은 속이 바싹바싹 타들어 갔다. 이러는 중에도 아줌마의 상태는 점차 나빠지고 있었다. 이미 벌써 악화되어 사경을 헤매고 계실지도 몰랐다.

현우가 기다렸다. 상태가 이상한 엄마를 보며 두려움에 떨고 있을지도 몰랐다. 상처받은 현우의 표정이 떠올랐다. 다시는 현우에게 상처를 주고 싶지 않았다.

무수히 다짐했다. 그런데도 아영은 눈앞에 있는 건우를 도저히 보낼 수 없었다. 조금이라도 더 같이 있고 싶었다. 10분만 더. 아니, 5분. 아니, 1분만 더. 1초만 더.

"가자."

계단 아래서 건우가 아영을 올려다보며 미소를 지었다. 어서 자신의 우산 아래로 들어오라고 눈짓을 보냈다.

"어?"

그 순간 아영의 눈이 커졌다. 이상했다. 강한 이질감과 위화감이 느껴졌다. 아영은 또 다른 세계로 넘어와서 그런 것으로 생각하며 의식하지 않으려고 노력했다.

"뭐해? 학교에서 살 거야?"

나직한 음성도, 조금은 무뚝뚝한 말투와 표정도, 그럼에도 찬란한 미소와 완벽히 사라지지 않는 날카로운 눈매까지. 아영이가 기억하는 건우 모습 그대로였다.

하지만 아영은 지금 자기 앞에 서 있는 사람이 건우로 느껴지지 않았다. 조금도 설레지 않았다.

건우는 건우가 아니었다.

아영은 당혹스러웠다. 심장이 무겁게 내려앉으며 마음이 가라앉았다. 실망감이었다. 무엇에 대한 실망인지는 알 수 없었다. 아영이 건우를 다시 바라보았다. 건우 뒤로 비가 거세게 내렸다. 빗물에 닿은 건우의 몸이 미세하게 일렁였다.

아영은 깨달았다. 이곳에서 올바른 선택을 하더라도 원래 세계의 잘못을 되돌릴 수 있는 건 아니었다.

"민아영, 왜 그래? 아까 무슨 일이라도 당한 거야?"

건우가 아영에게 다가왔다. 말도 안 되는 오해에 아영은 오히려 힘이 빠졌다.

아영은 잘못을 반복하고 싶지 않았다. 원래 세계와 완전히 다른, 또 다른 가능성의 세계일 뿐일지라도 건우와 현우에게 같은 상처를 주고 싶지 않았다.

아영이 천천히 입을 열었다.

"오빠, 지금은 나보다 아줌마와 현우를 더 생각해야 할 때야. 난 정말 괜찮으니까, 두 사람에게 가 줘. 얼른. 부탁이야."

건우가 무엇이라 말하려다가 그만두었다. 아영이에게서 무엇이라도 느낀 건지 잔뜩 힘이 들어갔던 어깨가 한순간에 풀어졌다.

"……알았어. 대신 집에 도착하자마자 바로 연락해. 아, 우산은 네가 챙겨."

"아냐, 나 우산 정말 있어. 병원으로 갈 거잖아. 오빠가 우산 쓰고 가."

끝까지 사양하는 아영을 두고 건우가 먼저 자리를 떴다. 완전히 사라질 때까지 건우는 수없이 뒤돌아보았지만 되돌아오지는 않았다.

교실로 되돌아가 우산을 챙길 수도 있었지만 그만두었다. 되돌아갈 힘이 없었다. 아영이 천천히 계단에서 내려왔다. 그대로 비를 맞고 가려고 했다. 거센 비에 휘청이지 않도록 몸에 힘을 주었다.

계단을 내려와 땅에 발을 내디디려고 할 때였다. 머리 위로 검은 그림자가 다가와 비를 막아주었다. 화들짝 놀라 옆을 돌아보았다.

"지담이 오빠? 오빠가 어떻게 여기에……."

눈이 마주친 순간 아영은 한 번 더 놀랐다.

2

두 사람은 가까운 카페로 자리를 옮겼다. 아영은 지담에게서 시선을 떼지 못했다.

"아영이가 거기에 있어서 깜짝 놀랐어. 더구나 혼자서 건우를 보내다니. 벌써 고등학생이 되었다고? 그렇구나, 고등학생이구나."

"놀란 건 나야. 멋대로 기특해하지 마."

초록색 교복을 입고 있는 지담의 머리가 검은색이었다. 오랜만에 보는 검은 머리가, 교복을 입은 지담의 모습이 신선하면서도 반가웠다.

아니, 아영은 기뻤다. 몇 년 만에 소중한 사람과의 재회였다. 그리움에 아영이 지담을 너무 빤히 바라보았다. 눈이 마주친 지담이 아영을 향해 밝게 웃었다. 오랜만에 본 지담의 미소는 여전히 맑고 다정했다.

"검은 머리 지담이 오빠라니, 오랜만이야."

"여기서는 계속 고등학생이니까."

지담이 자신의 머리를 쓰다듬으며 겸연쩍게 웃었다.

"고등학교 졸업하면 염색할 거야?"

"응. 졸업할 수 있다면 해야지. 검은색보다 노란색이 훨씬 안심되니까."

안심되는 건 아영이었다. 눈앞에 있는 지담은 이제껏 보아온, 한때 자신의 세계 전부였던 바로 그 지담이었다. 아영은 지담이 함께 있다는 사실만으로 깊은 안정감을 느꼈다. 아영의 입가가 애매하게 씰룩였다.

"어릴 적 나와 놀아주던 지담이 오빠는 이곳에 있었구나."

지담이 난감하다는 표정을 지었다.

"'내'가 아니니까 다른 사람이라고 볼 수도 있지만, 그래도 분명 '황지담'은 맞으니까. 그러니까 이제껏 네가 만난 모든 황지담도…….."

지담이 아영의 눈치를 보았다. 다정하게 미소를 지으며 말을 끝맺었다.

"널 위해 무엇이든 했을 거야. 앞으로도 그럴 테고. 그러니까 서로 완전히 다른 사람은 아니야."

지담이 조금 멋쩍게 웃었다. 노란 머리 지담보다 검은 머리 지담이 조금 더 쑥스러움이 있었다.

아영이 빙그레 웃었다.

"어떻게 그렇게 확신해?"

지담이 잠깐 고민했다. 그러더니 조금 짓궂게 웃으며 말했다.

"난 특별하거든."

아영이 인정하며 고개를 끄덕였다. 아영이에게 지담은 처음부터 특별한 사람이었다. 지담이 없었다면 지금의 아영이도 없었다.

"평행세계가 진짜로 있다니 놀랐어."

"굳이 따지면 평행세계는 아니야."

지담이 미래 천문학도답게 말했다. 아영의 눈이 반짝 빛났다. 지담이 신이 나서 설명했다.

"선택에 따라 세계선이 갈라지고, 선택의 갈림길에서 만들어진 것이 평행세계잖아. 진실은 그런 평행세계가 아니야. 정확하게 말하면 가능성의 세계지."

"가능성의 세계……."

또 다른 가능성의 세계에 온 걸 환영해!

아영이 중얼거리며 생각에 빠졌다. 입꼬리가 부드럽게 휘었다.

지담이 아영의 표정을 살피다 말을 이었다. 아영과 달리 미간이 조금 일그러졌다.

"가능성의 세계. 최초의 우리들이 죽어 내리는 미련의 눈이 희망과 맞닿아 생긴 세계. 또 그 세계에서 다시 미련이 생겨나고 또 다른 세계가 계속해서 생겨나. 그렇게 만들어진 것이 무수히 많은 가능성의 세계야. 별의 개수만큼 많을 거야. 어쩌면 그보다 더 많을지도 몰라."

아영과 눈이 마주친 지담이 조금 슬프게 미소를 지었다.

"모든 가능성의 세계는 미련의 세계야. 가능성의 세계가 많을수록 그만큼 많은 미련이 있다는 거지. 그래서 이 세계를 어떻게든 없애주고 싶었어. 아영이가 조금이라도 상처를 덜 받도록, 미련을 덜 가지도록. 뭐, 헛수고일 뿐이었지만."

"만일 그게 사실이라고 하더라도 슬픈 일은 아니라고 생각해. 그만큼 많은 만남이 있다는 거잖아. 그건 분명 기적이야."

아영이의 말에 지담이 몹시 놀랐다. 아영이 지담을 바라보며 밝게 웃었다.

"우리가 만날 수 있던 것도, 지금의 내가 있는 것도 그 덕분이니까. 그러니까 오빠의 노력이 헛수고였다고 말하지 마."

지담이 고개를 푹 숙였다. 그림자가 져 얼굴이 잘 보이지 않았다. 어떤 표정을 짓고 있는지 알 수 없었다. 지담이 아무 말도 하지 않았다. 아영이도 보채지 않았다.

한참 만에 지담이 입을 열었다. 다시 돌아본 얼굴은 평온했지만 어딘가 쓸쓸했다.

"이 수많은 가능성 중 어딘가엔 우리가 이어지는 세계도 있을까?"

순간 아영의 눈동자가 일렁였다.

"그럴지도 몰라. 셀 수 없이 많은 가능성의 세계가 있으니까. 난 그 모든 가능성을 부정하고 싶지 않아."

듣고 싶은 대답을 들었지만 지담의 일그러진 미간은 펴지지 않았다. 그래도 아영을 바라보는 시선을 돌리지 않았다. 아영이도 지담이의 시선을 피하지 않았다.

"이름과 얼굴이 같은 우리가 어딘가에서 이미 사랑할지도 몰라. 이름과 얼굴이 다른 우리가 운명처럼 완전히 다른 시공간에서 만나 서로의 버팀목이 되어줄지도 몰라. 하지만……."

당차게 말했지만 더 이상 말을 이을 수 없었다. 아영이 그만 지담에게서 시선을 피해 고개를 숙였다.

지담이 아영을 지그시 바라보았다. 검은색보다 갈색에 가까운 눈동자가 연신 일렁였다.

"응, 알아. 너와 난 아니란 걸."

지담이 아영의 머리를 다정하게 쓰다듬었다.

"그래도 이건 명심해. 난 네가 행복하기 위해서만 존재해. 그것이 설령 내가 태어난 이유와 다를지언정. 내가 선택한 이 삶의 존재 이유는 전부 너야."

눈물이 나올 것 같았지만 아영은 울 수 없었다. 천천히 고개를 들었다. 자신을 향해 지어주는 지담의 밝은 미소에 마음이 조금 가벼워졌다. 그 사실에 아영이 조금 놀랐다.

아영이 지담의 시선을 느꼈다. 그 끝을 따라가다가 자신의 목에 걸려 있는 펜던트의 존재를 깨달았다. 아영이 펜던트를 벗어 지담이 앞에 내려놓았다.

"물어보고 싶은 게 있어. 이거 어디서 났어?"

지담을 향해 아영이 사뭇 간절한 표정을 지었다.

아영은 이전 세계 엄마에게서 들은 말을 떠올렸다. 원래 세계와 다른 세계 이야기였기에 완벽히 일치될지 알 수 없었지만 그래도 지담의 이야기를 듣고 싶었다.

지담이 곤란하다는 듯 눈을 몇 차례 깜빡였다. 그러다 자신을 바라보는 아영의 눈길에 부드러운 미소를 지었다.

"처음부터 내 것이었다고 하면 믿을 수 있겠어?"

아영은 불현듯 꿈에서 본 작은 동물이 떠올랐다. 지담이 한숨 같은 미소를 짓더니 말을 이었다.

"어릴 때 집에 있었어. 언뜻 듣기로는 엄마가 결혼 전에 길에서 자기 물건을 팔면서 세계를 여행하는 어떤 외국인한테 샀대. 보자마자 왠지 내 것이란 생각에 늘 매고 다녔어."

"지금 가지고 있어?"

"아니. 아마 이게 내 펜던트일 거야. 이곳으로 올 때 두고 왔거든."

"어떻게 확신해? 노란 머리 지담 오빠가 가지고 있던 걸지도 모르잖아."

지담이 펜던트 뒷면을 보여주었다. 미세하게 상처가 나 있었다.

"어릴 때 놀다가 떨어뜨린 적 있는데 그때 난 상처야. 아, 이걸로는 확신할 수 없나. 그냥 왠지 알 수 있어. 이게 내 것이 맞다는 걸."

증거는 없지만 직감으로 느껴지는 무언가가 있다는 사실을 아영도 경험으로 알고 있었다. 아영이 다음 질문으로 넘어갔다.

"그럼 지담이 오빠는 이 펜던트도 없이 어떻게 이곳으로 왔어?"

"간절히 기도했어, 어울리지도 않게. 그랬더니 들어주시더라. 이런 나의 기도도."

아영이 펜던트를 지담의 손에 쥐여 주었다.

"돌려줄게. 원래 오빠 거니까."

"그래도 이건…….."

아영이 지담을 향해 밝게 웃어 보였다. 재회하고 가장 밝은 미소였다.

"괜찮아. 돌아가는 방법은 조금 전 오빠가 알려주었으니까. 난 역시 지담이 오빠도 행복했으면 좋겠어. 분명 미련과 상관없이 행복할 수 있는 길이 있을 거야. 그 또한 가능성이니까."

"넌 정말 모든 가능성을 부정하지 않는구나."

지담이 아영이에게 건네받은 펜던트를 목에 걸었다. 지담의 목에서 반짝이는 보라색 보석이 그제야 제 주인을 찾아간 듯 어떤 위화감도 없이 안정적이었다.

집으로 돌아가는 길에 아줌마가 위독하다는 연락을 받았다. 한 번 겪은 바 있는 경험이었고 이미 알고 있던 사실이었다. 그런데도 심장이 빠르게 뛰었다.

당시만 해도 자주 다니던 길이었다. 작은 핑곗거리라도 만들어서 오곤 했다.

병원에 오면 얼굴은 야위었지만 환한 미소로 반겨주는 아줌마가 있었다. 지금보다 더 작고 해맑은 미소로 안기는 현우가 있었다. 두 사람과 시간을 보내다 보면 훈련을 마친 건우가 환하게 웃으며 뛰어왔다.

　그날 이후 떠올리는 것도 두려워 잊으려 노력했다. 큰 병원에 갈
일이 생기면 굳이 더 먼 곳에 있는 다른 병원으로 갔다. 자꾸 그날
이 떠올랐다. 마음이 너무 아파서, 미안하고 미안해서 아영은 차오
르는 눈물을 꾹 참았다.

　병원 안으로 들어섰다. 비 냄새 사이로 병원 특유의 소독약 냄새
와 환기되지 못한 공기의 답답함이 느껴졌다. 미로 같은 병원에서
조금도 헤매지 않고 건우와 현우 형제를 찾았다. 두 사람을 찾는 일
은 어렵지 않았다. 어디 있을지 아영은 이미 알고 있었다.

　수술실 앞으로 향했다. 예상한 대로 그 앞에 걱정스러운 표정으
로 서성이는 아저씨와 건우가 보였다. 조금 떨어진 벤치에 눈과 코
가 빨개진 채 현우가 잠들어 있었다. 그들 사이로 천천히 다가갔다.

　"아저씨, 저희 왔어요."

　건우가 놀란 얼굴로 아영을 바라보았다. 건우가 무엇이라 말하려
는 순간 자고 있던 현우가 깨어나 아영이에게 달려왔다.

　"아영이 누나, 엄마가……."

　"응, 알고 있어. 우리 기도하자."

　아영이 현우를 안았다. 결과를 알고 있기에 섣불리 괜찮다고 안
심시켜 줄 수 없었다. 대신 진심을 담아 세 사람을 위해 기도했다.

　뒤에서 가만히 바라보고 있던 지담도 다가와 아영과 현우를 꼭
안아주었다.

　이곳에 모인 사람들의 간절한 마음과 달리 기적은 일어나지 않았

다. 처음 예상한 시간보다 수술 시간이 길어졌고, 새벽이 시작될 무렵 의사 선생님께서 참담한 얼굴로 수술실에서 나왔다. 의사 선생님이 고개를 숙였고 끝내 아저씨가 무너져 내렸다.

아영은 목 놓아 우는 현우를 그저 꼭 안으며 아무 반응도 하지 못하고 멀뚱히 서 있는 건우를 지켜보았다.

다시는 반복하고 싶지 않은 경험이었다. 그런데도 아영은 의외로 침착한 자신을 발견했다.

장례식 도중에 잠깐 밖으로 나왔다. 그날은 기본예절도 몰라 가만히 서 있기만 했다. 슬프고 혼란하고 정신이 없어서 주변 다른 사람을 보고 눈치껏 행동하지도 못했다.

그날과 똑같은 외모를 하고 있었지만 아영은 그날의 아영이 아니었다. 이번엔 아줌마에게 잊지 않고 흰 국화를 건네며 마지막 인사를 나누었다.

하늘을 올려다보았다. 어느새 비가 그쳐 청명했다.

어둑어둑한 밤하늘에 이따금 얼룩처럼 작은 별들이 보였다. 달을 찾았다. 손톱만큼 달이 작았지만 잠들지 않는 도시의 불빛에 세상이 참 밝았다.

이미 눈부신 해는 어디에도 없지만 손바닥을 들어 하늘을 살포시 가렸다. 손가락 틈으로 밤하늘을 바라보며 노래를 흥얼거렸다.

해를 닮은 난 여기 있어요
둥그란 얼굴 위로 눈부신 그림자 드리우면
다가온 당신의 존재에 미소를 머금죠
난 영원히 꿈처럼 춤을 추어요

어떤 만남이 자연스러운 건가요
꿈이라면 믿지 않을 건가요
이제야 해바라기가 되었는데

아영이 부르는 노래는 꿈에서 숱하게 들은 노래였다. 꿈속 여인이 부른 것만큼 아름답지는 못하지만 마음만큼은 여인의 그것에 지지 않을 정도로 가득 담아 불렀다.

이 노래에는 여인의 간절한 마음이 담겨 있었다. 어떤 아픔도 슬픔도 없이 웃음뿐이길.

"누가 들으면 귀신인 줄 알겠다."

건우가 다가와 힘없이 웃었다. 아영이 화들짝 놀라 노래를 멈추었다. 심장이 두근거렸다.

옆에 나란히 앉은 건우가 아영의 안색을 살폈다. 너무 가까운 건우의 얼굴에 아영이 어찌 할 바를 몰라 그대로 굳었다.

"생각보다 괜찮네."

건우의 말에 아영이 반색했다.

"정말?"

"나 말고 너. 엄청 울 줄 알았거든."

건우가 안도의 한숨을 내쉬었다. 아영이 깜짝 놀랐다. 생각보다 괜찮은 건 건우였다. 원래 세계에서 건우는 장례식 내내 넋이 나가 있었다.

건우가 다시 아영을 바라보았다. 표정이 부드러웠다.

"고마워."

아영이 뭐가 고맙냐고 물어보려는데 말보다 눈물이 먼저 흘렀다.

"함께 있어 줘서."

아영이 건우에게 늘 하고 싶은 말이 있었다.

미안해.

이유는 알 수 없으나 이제 그 말을 하지 않아도 괜찮겠다는 생각이 들었다. 건우가 아영의 뺨에 흐르는 눈물을 닦아주었다. 손길이 무척 따스하고 다정했다. 참지 못하고 건우 가슴에 매달려 이제껏 참았던 눈물을 흘렸다.

아영은 수도 없이 상상했다. 그날 다른 선택을 했다면 달라졌을까. 그랬다면 건우를 바라볼 때마다 밀려드는 이 죄책감을 느끼지 않아도 됐을까. 아영은 건우에게 이제 그만 죄책감을 떨쳐버려도 된다는 허락을 받은 것 같았다.

위로하러 간 곳에서 위로해야 할 대상에게 위로를 받았다.

건우가 아영의 등을 다독였다. 아영의 뜨거운 눈물이 가슴을 적실수록 건우는 마음이 따스해지는 것을 느꼈다.

3

아줌마가 떠났지만 일상은 크게 변한 것 없이 덤덤하게 흘러갔다. 엄마가 아침 일찍 출근했다. 아빠가 방학이라 집에 있는 아영의 늦은 아침을 챙긴 후 작업실로 향했다.

장례식이 끝나기 무섭게 다시 비가 내렸다. 아영이 창문을 닫으려고 했다. 그때였다. 불현듯 이 세계로 왔을 때 맡은 여름 향이 옅어진 것을 깨달았다.

아영이 코를 킁킁대며 냄새를 맡았다. 착각이 아니었다. 하늘을 온통 잿빛으로 물들일 정도로 비가 내리는데도 비 냄새가 나지 않았다. 공기가 눅눅하지도 않았다.

아영이 고개를 들어 주변을 둘러보았다.

이 세계는 자신의 미련이 만들어낸 세계라고 생각했다. 아니었다. 이 세계는 건우와 아영, 지담이 함께 만든 세계였다.

그 세계가 점차 옅어지고 있었다. 그건 조금씩 사라지고 있다는 의미였다.

참을 수 없는 벅찬 감정이 치솟았다. 무겁고 어두운 감정이 아니었다. 건우가 보고 싶었다. 아영이 곧장 집을 나서 학교로 향했다.

"어? 아영아!"

골목길에서 지담과 마주쳤다. 아영의 표정을 본 지담이 바로 알아차렸다.

"결심했구나?"

아영이 고개를 끄덕였다. 지담이 조금 후련한 표정을 지었다. 아영이에게 한 발짝 다가왔다.

"아영아, 상처받을 거야."

우산 끝으로 빗물이 떨어졌다. 아영이 지담을 바라보며 제법 단호한 미소를 지었다.

"응, 괜찮아. 내가 선택한 상처니까. 그러니까……."

"응, 그렇다면 나도 괜찮아. 네가 행복할 수만 있다면."

아영의 입꼬리가 일그러졌다. 무슨 말을 하려던 건지 이미 알고 있다는 듯 지담이 아영의 머리를 쓰다듬었다.

"괜찮아. 아영인 신경 쓰지 마. 이 또한 내가 선택한 거니까. 그만 가 봐, 너의 사람에게. 이건 아영이에게 주는 마지막 선물."

지담이 아영이에게 꽃다발을 건넸다. 미니 해바라기꽃이 먹구름에 가려 해가 보이지 않는데도 해사하게 피어 있었다.

아영이 지담을 올려다보았다. 짙은 보라색 우산 아래에서 아영을 바라보는 지담의 눈이 반짝였다. 노란색이 아니라 검은색 머리칼이었지만 아영은 쓰다듬고 싶은 충동을 참아야 했다. 지담에게 마지막 인사를 건네고 다시 달렸다.

지담이 점차 멀어지는 아영을 가만히 제 눈동자에 담았다. 그 눈동자가 다정하게 서글펐다.

아영의 발걸음이 멈춘 곳은 중학교 체육관이었다. 육상부에 든 건우는 방학에도 쉴 수 없었다.

마침 휴식 시간인 듯 육상부 선수들이 곳곳에 털썩 주저앉아 쉬고 있었다. 건우를 찾는 건 어렵지 않았다. 심장이 잔뜩 뛰는 것을 느끼며 아영이 천천히 다가갔다.

"어? 웬일이야?"

"잠깐 괜찮아?"

건우가 고개를 끄덕였다.

두 사람이 체육관을 나와 복도 끝으로 향했다. 고작 일 년 전까지 다녔던 학교였지만 아영은 먼 과거처럼 느껴졌다.

"무슨 일인데?"

아영이 건우를 마주 보고 바로 섰다. 생각보다 크게 떨리지 않았다. 오히려 후련한 마음이 들었고 설렜다. 입꼬리가 절로 위로 둥글게 휘어 올라갔다.

크게 심호흡을 한 뒤 건우의 눈을 바라보며 크게 외쳤다.

"건우 오빠! 3년 후 크리스마스를 기대해! 나, 그날 오빠에게 꼭 전할 거야. 꼭 말할 거야. 그러니까 혹 이 세계가 사라지지 않는다 하더라도, 그래서 여전히 오빠를 향한 죄책감이 완전히 없어지지 않는다 하더라도. 그래도 난 여전히 오빠에게 달려갈 거야. 그러니까 기다려, 내가 갈 때까지!"

아영은 기다리는 것 말고도 할 수 있는 일이 있었다.

건우가 눈을 두어 번 깜빡이다 환하게 웃었다. 큰 아픔을 겪기 전의 구김 없는 미소는 이제 없지만 그래도 이 미소가 너무 눈부셔서 아영은 코끝이 찡했다.

건우가 아영을 바라보았다.

"그래, 기다리고 있을게!"

찬란한 미소를 짓는 건우를 아영이 멍하니 바라보았다. 아영의 눈동자가 점차 커졌다. 가슴이 먹먹했다. 아니, 설렘으로 쉴 새 없이 두근거렸다.

원래 세계에서 다른 세계의 건우와 바뀐 줄 알았던 건우는 바뀐 것이 아니었다. 그 위화감은 줄곧 맞물려 온 시간에 생긴 작은 균열에서 비롯된 이질감이었다.

균열이 다시 맞물리며 강한 안정감을 되찾았다.

"기다려! 곧 갈 테니까!"

아영이 건우에게 다시 한번 당부하고 집으로 뛰어갔다. 1분 1초도 지체하고 싶지 않았다. 가슴이 계속 두근거렸다. 손에 들려 있는 미니 해바라기 꽃다발을 보아도 생각보다 미안한 감정이 들지 않았다.

집으로 돌아오자마자 어디 갔다 오냐는 아빠의 말도 무시하고 곧바로 방으로 달려갔다. 일기장을 꺼냈다.

보랏빛 밤하늘에 특정 별자리가 아닌 겨울 별자리가 흐드러지게 수놓아져 있었다. 별자리들이 서로 어울려 밤하늘을 더욱 환상적으로 아름답게 만들었다.

돌아가는 방법을 알고 있었다. 꿈에서 누구도 상황을 설명해 주지 않았지만 이해할 수 있었던 것처럼 자연스럽게 깨달았다.

처음엔 지담이 준 펜던트에 신비한 힘이 있는 것으로 생각했다. 아니었다. 수없이 많은 가능성의 세계가 존재하는 것이 기적인 것처럼, 가능성의 세계로 넘어갈 수 있었던 것도 기적이었다.

기적을 일으킬 수 있었던 건.

아영이 무릎을 꿇었다. 두 눈을 감고 두 손을 모았다.

"나의 세계로 돌아가게 해주세요."

그 어느 때보다 간절한 마음을 담아 기도했다.

"나의 세계는 나의 건우 오빠가 있는 곳. 최상의 세계가 아니더라도, 덧없이 사라질 가능성의 세계일지언정."

기도가 끝나자마자 바람이 세차게 불더니 창문이 활짝 열렸다. 아침부터 내리던 비가 여름인데도 어느새 눈으로 변해 있었다. 눈이 열린 창틈으로 들어와 미니 해바라기 꽃잎 위에 내렸다.

그 순간 눈앞이 다채로운 무지갯빛으로 반짝이더니 주변이 새하얀 공간으로 변했다. 아영이 꼭 우주 공간에 있는 것처럼 붕 날아올랐다. 중력이 느껴지지 않았다.

주변으로 수없이 많은 비눗방울이 흘렀다. 서로 다른 무지개빛으로 빛나는 방울들 안에 서로 다른 아영이 있었다.

울고 있는 아영, 웃고 있는 아영, 걱정하는 아영, 그리워하는 아영, 아파하는 아영, 외로워하는 아영. 어떤 아영이들은 얼굴과 이름이 달라 전혀 다른 존재처럼 보였지만 분명 아영이었다.

유독 방울 하나가 눈에 띄었다. 방울 속에 손을 맞잡고 있는 지담과 아영이 보였다. 두 사람 위로 핑크색 눈이 떨어졌다. 벚꽃이었다. 지담이 아영의 머리에 앉은 벚꽃잎을 떼어주었다. 두 사람이 동시에 활짝 웃었다.

다른 방울이 아영의 눈앞으로 지나갔다. 그 안에는 다른 아영과 건우가 각자의 방에서 열린 창문으로 스노우볼을 흔들며 사랑을 확인하고 있었다. 눈이 마주친 두 사람이 더없이 행복하게 미소를 지었다.

아영은 진심으로 안도했다. 다른 세계에서 행복한 아영과 지담, 건우를 볼 수 있어 기뻤다.

아영이 주변을 둘러보며 무언가를 찾았다. 마침내 찾은 방울 안에는 어렸을 때부터 줄곧 함께한 건우의 모습이 맺혀 있었다.

무표정한 건우, 앳된 건우, 변성기가 막 시작된 무렵의 건우, 머리를 짧게 자른 건우, 살짝 삐친 건우.

건우는 무뚝뚝하지만 의외로 웃음도 많고 다정한 사람이었다. 고집과 질투가 많고 단 것을 좋아하는 어린아이 같은 면을 가지고 있지만 모든 아영을 품을 수 있는 포용력이 큰 사람이기도 했다. 자신에게만 보여주는 미소는 벅찰 정도로 아름다웠다.

방울 속 건우가 아영의 마음을 엿보기라도 한 듯 햇살보다 눈부신 미소를 지었다. 아영은 역시 미소 짓는 건우가 가장 사랑스럽다고 생각했다. 아영의 얼굴에 짙은 미소가 번졌다.

옆에 있고 싶고 목소리가 듣고 싶고 미소가 보고 싶은 사람. 누구보다 행복하기를 진심으로 바라는 사람. 아영은 자신의 건우에게로 돌아가기를 간절히 원했다.

하하하-

어디선가 건우의 찬란한 웃음소리가 들렸다. 아영이 소리가 난 곳으로 고개를 돌렸다.

그때 알 수 없는 힘에 아영이 뒤로 튕겨 나왔다. 눈앞에 수없이 많은 투명한 방울들이 빼곡하게 위아래로 쌓여 있었다. 세로로 긴 형태가 된 방울들이 푸른 자연과 닮은 빛을 띠었다.

시선을 살짝 돌렸다. 길쭉하게 쌓인 푸른빛 가능성의 세계 양옆으로 빨주노파보흰검 일곱 색깔 나라가 펼쳐져 있었다. 그 전체적인 형태가 십자가와 닮아 있었다.

세계와 세계 경계선에서 미세한 무언가가 반짝였다. 자세히 보니 무지갯빛의 끈이 각 세계를 연결하고 있었다. 그 연결은 무척 어지러울 정도로 복잡했지만 매우 환상적이었다.

시선을 느끼고 아영이 뒤돌았다.

마침내 아영과 눈이 마주쳤다. 아영이 당황한 표정을 지었다. 곧 부드러우면서도 밝은, 무척 사랑스러운 미소를 지었다.

아영은 깨달았다. 자신의 모든 역사를 알고, 어떠한 선택을 하더라도 자신을 사랑하는 존재가 있다는 사실을. 너무 사랑하여 이 놀라운 모든 기적을 주관하고 약속한 존재가 처음부터 있어왔다는 사실을.

다정한 미소로 감사함을 전하고 있을 때 어디선가 노랫소리가 들려왔다. 아영이 시선을 돌렸다. 순식간에 눈앞에 꿈속 해바라기밭이 펼쳐졌다.

거대한 해바라기밭에서 노래를 부르며 연인을 기다리고 있던 플로로와 눈이 마주쳤다. 한눈에 서로가 누군지 알아보았다. 서로를 바라보며 짓는 미소가 똑같았다.

플로로가 아영을 한없이 부드러운 시선으로 바라보았다.

마침내 미련이 내게 닿아 가능성이 현실이 되었어. 넌 내가 그토록 바란……. 이미 넌 내가 아니지만 부디 행복하길.

아영이 눈부시도록 아름다운 미소로 화답했다.

어디선가 나타난 빨주노파보휜검의 무지갯빛이 하나의 긴 끈이 되어 아영을 한곳으로 이끌었다.

에필로그.
나의 세계는

늘 꾸는 꿈이 있다.

주변을 둘러본다. 어디가 위이고 아래인지 알 수 없이 묘하게 왜곡된 감각. 눈앞에 펼쳐진 거대한 해바라기밭.

해바라기 잎사귀 사이로 가만히 걷다 보면 어디선가 노랫소리가 들린다. 이따금 들리는 쇳소리가 가슴을 울린다.

홀린 듯 노랫소리를 따라간다. 소리가 조금씩 커지며 심장을 움켜쥔다. 꼭 멜로디가 피부에 스미듯 노래를 부르는 이의 감정이 몸속으로 파고든다.

거대한 잎사귀를 들어 올린다. 그 앞에 모래색의 얇고 하늘거리는 천을 두른 한 소녀가 있다. 아니, 묘령의 여인이 내 존재를 눈치채지 못한 듯 노래를 부르고 있다.

여인이 노래를 부르며 자신의 배를 부드럽게 쓰다듬는다. 내려다보는 시선이 퍽 사랑스럽다.

여인에게 다가간다. 그 순간 뺨에 무언가가 떨어진다. 고개를 들어 위를 올려다본다. 무언가가 하염없이 내리고 있다.

　비? 아니, 이건…….

　새하얀 눈송이가 내린다. 노란 해바라기 꽃잎에 닿자 무지갯빛을 띤 방울이 된다.

　수없이 많은 방울이 하염없이 흐른다. 순식간에 온 시야가 투명한 무지갯빛으로 다채롭게 물든다.

　아영이 눈을 떴다. 눈가에 촉촉한 감촉이 느껴졌다. 손으로 훔쳐보니 눈물이었다.

　주변을 둘러보았다. 하늘색 침대 위에서 노란색 꽃이 그려진 이불을 덮고 잠들어 있었다. 창으로 눈부신 아침 햇살이 쏟아졌지만 침대 아래 찬 기운이 고요하게 맺혀 있었다.

　곧바로 일기장을 꺼냈다. 검푸른 배경에 게자리가 수놓아져 있었다. 익숙한 표지. 아영이 작년 연말에 직접 산 그 일기장이었다.

　휴대폰을 켜 날짜를 확인했다. 12월 25일. 날짜가 빨간색으로 표시되어 있었다. 아영이의 동그란 눈동자가 부드럽게 휘었다. 아주 조금 그리움으로 일렁였다.

　"돌아왔어."

　아영은 확신했다. 어디를 둘러보아도 조금의 위화감 없이 자신의 몸에 꼭 맞는 옷을 입은 듯 편안했다.

원래 세계로 돌아온 것에 대한 안도감과 기쁨을 느끼기도 전에 아영이 다시 휴대폰을 들었다. 반드시 해야 할 일이 있었다. 망설임 없이 전화를 걸었다.

　눈길만큼의 우주가 있어서 그 속에 날 멍들게 하는 아픈 우주가 있을 거야. 어떤 시간을 보내온 걸까. 어떤 세월을 흘러낸 걸까. 나는 그들에게 어떤 아픔일까.

　이제껏 버텨온 건 아픔이 되지 않기 위해.

　아영이 아파트 정문에서 누군가가 나오길 기다렸다. 하늘에서 눈이 내렸다. 많이 내리지는 않아서 우산은 쓰지 않았다. 아영의 머리와 어깨에 하얀 눈이 내리더니 사르르 녹았다.

　오래지 않아 누군가가 아영이 앞으로 다가왔다. 볼 때마다 예쁘다고 생각한 눈동자와 마주쳤다.

　"웬일이야? 할 말 있으면 전화로 하지. 파티 준비는 벌써 다 끝난 거야?"

　길쭉하게 뻗은 팔과 다리가 아영이 앞에 멈추었다. 그를 바라보는 아영의 눈동자가 한순간 일렁였다.

　"안녕, 세라야?"

　오랜만이란 생각이 들었다. 아니, 아영이는 세라를 오랜만에 보는 것이 맞았다.

"추우니까 걸으면서 이야기할까?"

아영과 세라가 나란히 걸었다. 중학교 3학년 때부터 알던 사이였지만 생각해 보니 함께 학교 쪽으로 걸어가는 건 처음이었다. 우연히 학기 초 근처에 앉게 되며 친해졌다. 이토록 예쁘게 생긴 아이와 단짝이 될 것이라고, 그 당시에는 조금도 상상하지 못했다.

처음이자 마지막 이 순간과 걸음을 소중히 여기며 아영이 한 걸음 한 걸음 신중하게 내디뎠다. 겨울바람에 서둘러 흘러가는 구름이 조금 아쉬웠다.

"나 언제 너희 집으로 가면 돼? 뭐 입을까? 치마? 바지? 머리는 푸는 게 좋을까, 묶는 게 좋을까? 어떻게 해야 건우 선배가 날 돌아봐 줄까? 사실 나 여태 선물도 준비 못 했어. 뭘 준비해야 될지 도통 모르겠더라. 왜 이렇게 좋은 생각이 나지 않는 거지?"

아영이 걸음을 멈추었다. 눈치채지 못하고 두세 걸음 혼자 걸어가던 세라가 황급히 뒤돌았다. 아영과 눈이 마주친 세라의 표정이 한순간 굳었다.

"너, 파티 때문에 보자고 한 게 아니구나?"

세라가 비릿한 미소를 지었다. 아영이 고개를 끄덕였다. 그토록 맑던 세라의 눈동자가 서늘해졌다.

"해 봐, 끝까지 들어 줄게. 아니, 노력해 볼게."

다시는 이전 관계로 돌아갈 수 없을 선택이었다. 스스로 소중한 사람에게 상처를 줄 말이었다. 그래도 아영은 세라에게 고백하지 않을 수 없었다.

아영이 세라를 바라보았다. 시선을 피하고 싶지 않았다.

"미안해, 세라야. 나도 건우 오빠가 좋아."

걱정과 달리 세라의 표정이 담담했다. 아영이 천천히 이야기를 이어 나갔다. 말투는 조심스러웠지만 망설임은 없었다.

"사실 이제껏 봉인해 두었던 감정이야. 난 건우 오빠를 좋아할 자격이 없다고 생각했어. 이미 한 번 내 욕심 때문에 건우 오빠한테 지울 수 없는 상처를 줬거든. 동생인 현우한테도 말이야. 그런데 처음부터 감출 수 없을 정도로 건우 오빠를 많이 좋아하고 있었어."

아영의 입가가 애처롭게 벌어졌다. 그 끝이 숨김없이 흔들렸다.

"건우 오빠가 웃는 모습이 좋아. 건우 오빠와 함께하는 시간이 너무 소중해. 이제껏 죄책감 때문에 건우 오빠를 욕심내지 못했어. 그랬는데……."

세라의 한 쪽 눈이 떨렸다.

"그런데 있잖아, 세라야. 건우 오빠가 내가 좋대. 이런 나를, 모든 나를 다 좋아한대."

세라의 예쁜 눈동자에 큰 동요가 일었다. 세라를 바라보는 아영의 눈동자에 망설임은 없었다.

"솔직히 고백받고 너무 무서웠어. 건우 오빠가 나를 좋아한다고는 조금도 생각해 본 적 없었거든. 죄책감에 짓눌려 건우 오빠를 제대로 보지 못한 거야."

아영이 살포시 미소를 지었다. 그 미소는 무척 아련했다.

"세라야, 나 밤사이에 수많은 가능성 중 몇 가지를 보고 왔어. 어쩌면 내 과거이고 내 미래일 수도 있었던 그 가능성들. 그곳에서 내가 건우 오빠를 무척 좋아한다는 사실을 깨달았어. 아니, '건우 오빠'가 아니야. 내가 좋아하는 사람은 '그 사람' 뿐이야."

아영이 세라에게 고개를 숙였다.

"네 마음을 농락한 게 아니야, 절대로. 믿지 못할지도 모르지만 널 도와주고 싶었던 그 마음은 진심이었어. 그랬는데, 미안해."

아영은 자꾸만 세라의 부탁을 잊었다. 그건 무의식적으로 회피하고 밀어내고 있었다는 증거이자 건우를 좋아한다는 반증이었다.

두 사람 사이에 적막이 흘렀다.

아영의 앞머리에서 눈이 녹아 물이 뚝 뚝 흘렀다. 바닥에 떨어진 방울이 점차 커지며 땅에 쌓인 눈을 녹였다.

"결국……. 지금 두 사람, 서로 좋아한다는 거네?"

머리 위로 세라의 말소리가 흘렀다. 아영이 말없이 고개를 끄덕였다. 세라의 얼굴이 심하게 일그러졌다. 아영이 시선을 돌렸다. 세라와의 관계가 그 세계처럼 될까 봐 겁이 났다.

갑자기 세라가 풋- 하고 웃음을 터뜨렸다. 아영이 깜짝 놀라 어리둥절한 표정으로 세라를 돌아보았다. 세라가 실소를 지으며 말했다.

"이건 뭐. 처음부터 될 가능성이 하나도 없었던 거잖아. 그럼 포기해야지. 나만 빠지면 모두 행복할 수 있는데."

이 순간 아영이 할 수 있는 말은 이것뿐이었다.

"미안해, 세라야."

"사과할 필요 없어. 아마 앞으로 이제처럼은 널 대하지 못할 거니까. 건우 선배 옆에 특별한 존재로서 있는 널 볼 자신이 없거든."

아영이 고개를 끄덕였다. 세라와 눈이 마주쳤다. 내리는 눈 사이로 반짝이는 세라의 눈동자는 슬펐지만 다정했다.

"안녕, 민아영. 잘 가."

세라가 그대로 뒤돌아 가버렸다. 응, 안녕. 아영은 점차 멀어지는 세라의 등을 바라보며 속으로 마지막 인사를 건넸다.

세라가 보이지 않자 아영이 하늘을 올려다보았다. 당연하게도 별이 보이지 않았다. 아영이 눈을 감았다. 눈꺼풀로 덮인 어둠 위로 하나 둘 별들이 빛나기 시작했다. 아영이 한동안 가만히 그 별들을 바라보았다.

손길만큼의 우주가 있어서 그 속에 날 일으켜 주는 다정한 우주가 있을 거야. 어떤 추억을 쌓아온 걸까. 어떤 마음을 다져온 걸까. 나는 그들에게 어떤 위로일까.

이제껏 살아온 건 다정한 손을 건네기 위해.

아영이 발걸음을 서둘렀다. 그러면서도 조금 미련이 있어 보이기도 하였다. 재빨리 걷다가 이따금 멈추었다.

심호흡을 내쉬며 마음을 다잡았다. 떨리는 심장이 좀처럼 진정되지 않았다.

"아영아, 왜 그래? 어디 아파?"

누군가가 다가왔다. 익숙한 목소리와 말투. 아영은 얼굴도 보지 않고 목소리의 주인이 누구인지 알았다.

고개를 들었다. 머리는 노란색이었지만 분명 검은 머리 지담이 아영을 내려다보며 미간을 찌푸리고 있었다.

"왜 이렇게 표정이 좋지 않아?"

가슴이 벅찼다. 이렇게 빨리 돌아올 거라고 생각하지 못했다.

"돌아왔네, 지담이 오빠. 노란 머리하니까 어때? 염색하고 싶어 했잖아."

"지금 그게 문제야? 어디 아픈 거 아니야? 아니면 그새 무슨 일이 있었던 거야?"

지담이 자신이 쓰고 있던 우산을 아영이에게 들려주었다. 아영이 지담에게 우산을 돌려주며 고개를 가로저었다.

언뜻 노란빛이 감도는 옅은 갈색의 눈동자가 점차 커졌다.

"아니야. 조금 긴장했나 봐. 고백하러 갈 거거든, 지금."

아영의 눈동자가 단단했다. 눈꼬리를 타고 흐르는 감정에서 두려움보다 설렘과 기쁨이 느껴졌다.

지담이 그제야 얼굴이 부드럽게 풀렸다. 아영의 머리를 쓰다듬었다. 아영을 바라보는 눈길이 애틋했다.

순간 아영이 무언가를 떠올리고 호들갑을 떨었다.

"지담이 오빠, 오늘 전시회가 있을지 몰라. 오빠 거기 가야 해. 대학교 천문동아리에서 개최한 '빛알 전시'. 위치가 어디냐면……."

"알고 있어. 안 그래도 지금 거기 가는 길이야."

아영이 하고 싶은 말은 많지만 무엇부터 물어야 할지 모르겠다는 혼란한 표정을 지었다. 지담이 피식, 한숨 같은 미소를 짓더니 보라색 펜던트를 흔들어 보였다.

"난 좀 특별하니까."

아영의 표정이 점차 환하게 피었다. 지담이 아영의 머리를 쓰다듬으려다가 허공에서 손을 거두었다.

"그럼 갈게. 안녕, 아영아."

"응. 잘 가, 지담이 오빠."

미련 없이 아영이 떠났다. 지담이 뒤돌아 멀어지는 아영을 가만히 바라보았다. 지담이 미소를 지었다. 아영을 바라보는 눈동자가 아련했다.

"대답도 아니고 고백이라니. 지켜볼게. 멀리서."

나는 널 보낼 수밖에 없어. 그때도, 지금도.

지담이 천천히 뒤돌았다. 길가에 놓인 쓰레기봉투 위로 보라색 펜던트를 던졌다. 곧 펜던트가 흔적도 없이 사라졌다.

아영이 건우의 아침 조깅 코스를 따라 달렸다. 연락해서 적당한 곳에서 만날 수도 있었지만 그렇게 하고 싶지 않았다. 아영이 더 힘내서 달렸다.

매년 벚꽃이 화사하게 피는 동네 개천 변을 달렸다. 어디에도 건우가 보이지 않았다. 그대로 집 근처로 돌아왔다. 학교를 지나 놀이터 쪽으로 향하는데 눈이 오는 크리스마스인데도 어김없이 달리고 있는 건우를 발견했다.

"건우 오빠!"

부름에 건우가 깜짝 놀란 표정으로 아영을 돌아보았다. 아영이 있는 힘껏 건우에게 달려갔다.

아영이 놀이터 벤치에 앉았다. 건우가 건네준 이온 음료를 벌컥벌컥 마셨다. 음료를 다 마시자 건우가 아영의 뺨을 손바닥으로 살포시 짓눌렀다.

"이렇게 추운 날 갑자기 달리면 어떡해? 심장 아프지 않아? 추위도 많이 타는 게. 그보다 왜 이렇게 일찍 일어났어?"

"열심히 달렸더니 하나도 안 추워."

아영의 말에 건우의 눈초리가 가늘어졌다. 덕분에 날카로운 눈매가 더욱 매서워졌지만 아영은 조금도 무섭지 않았다. 오히려 강한 애정을 느꼈다. 아영이 미소를 지었다.

건우가 귀에 꽂혀 있는 이어폰을 보여주며 말했다.

"나한테 볼 일이 있으면 전화하든 메시지를 보내면 되지. 네 연락이라면 바로 받을 텐데."

"안 돼. 꼭 직접 내 눈으로 건우 오빠를 찾아내고 싶었단 말이야. 꼭 해야 할 말이 있거든. 얼굴 보면서 마주 보는 채로 하고 싶었어."

무슨 말인지 모르겠다는 듯 건우의 눈이 미세하게 커졌다. 움찔거리는 건우의 눈물점을 바라보며 아영이 빙그레 미소를 지었다.

"나 건우 오빠한테 고백하려고."

아영을 바라보는 건우가 두 눈을 연신 깜빡였다. 아영의 입가가 가벼웠다.

"있지. 다른 세계에서 오빠가 나 때문에 힘들어하는 것도, 즐겁게 웃는 것도 모두 다 봤어. 그래서 말인데…….."

세라 앞에서 고백한 것보다 훨씬 더 긴장되었다. 하지만 두렵거나 걱정되지는 않았다.

"난 오빠가 환하게 웃는 모습이 제일 좋아. 난 건우 오빠가 행복했으면 좋겠어. 나랑 함께, 나 때문에 말이야. 그러니까 오빠가 아무리 힘들더라도 오빠 옆에 있을게. 다신 도망치지 않을 거야."

건우의 입꼬리가 부드럽게 휘었다. 아영의 입꼬리는 아주 조금 일그러졌다.

"그래서 그런데, 건우 오빠."

건우를 바라보는 아영의 눈동자가 심연처럼 깊어졌다. 고요했으나 잔잔하지는 않았다.

"나랑 함께 상처받아 줘. 나랑 함께 아파 줘!"

두 사람 사이에 조금 어색한 기운이 맴돌았다.

고백할 말을 줄곧 고민했다. 좋아해, 나와 사귀어 줘. 오빠가 나를 좋아해 주어서 정말 기뻐. 하지만 아영이 건우에게 전하고 싶은 진심은 그런 것이 아니었다.

건우가 적잖이 당황했다.

"……그게 대답이야?"

"아니, 고백. 건우 오빠를 향한 내 고백."

건우가 아영을 가만히 바라보았다. 더 이상 참지 못하겠다는 듯 소리 내 크게 웃었다.

"하하하-."

아영은 역시 건우의 웃는 소리가 너무 좋았다.

"그 고백, 기다리고 있었어. 정말 달려올 줄은 몰랐지만."

올려다본 건우는 푸르른 여름날의 하늘처럼 눈부셨다. 아니, 이건 모든 먹구름을 쏟아낸 후 화창한 하늘에서 쏟아지는 찬란한 햇살이었다.

아영이 건우를 바라보았다. 너무 눈부셔 손바닥으로 살짝 가리려다가 그만두었다. 건우의 미소를 온전히 보고 싶었다.

"민아영. 아니, 아영아!"

그때 건우가 아영을 꼭 안았다. 그 품이 너무 포근해서 아영은 아무 말도 하지 못했다. 건우가 아영의 귓가에 속삭였다. 아침 햇살에 오른쪽 눈 밑 눈물점이 반짝였다.

"너는 내 모든 삶에서 유일한, 사라지지 않을 사랑이야."

아영의 손을 잡았다. 자연스럽게 깍지를 꼈다. 깍지 낀 손을 바라보는 아영의 뺨이 둥글게 부풀었다.

"나, 이 손 영원히 놓지 않을 건데 괜찮아?"

"나도 놓지 않을 거야. 내 일기도 건우 오빠와의 일로 가득 채울 거야."

누가 먼저랄 것도 없이 달렸다. 주변 누구보다 발걸음이 가벼웠다. 그들의 웃음은 봄날 활짝 핀 꽃보다 아름다웠다.

두 사람이 여전히 손을 놓지 않은 채 아파트 단지와 주택 단지를 잇는 사거리에 도착했다. 건우의 시선이 한곳에 머물렀다.

꽃집에서 나온 건우가 꽃다발을 아영에게 건넸다. 부끄러운 듯 시선을 마주치지 못했다. 기쁘다는 듯 아영이 환하게 웃었다.

"별도 좋아하지만 꽃도 좋아하잖아. 특히 이 꽃."

아무에게도 말한 적 없었다. 하지만 아영은 놀라지 않았다. 다른 세계 건우도 이미 알고 있던 사실이었다.

아영이 더없이 행복한 얼굴로 꽃다발을 건네받았다. 저도 모르게 콧노래가 흘러나왔다. 가만히 듣고 있던 건우가 도저히 참지 못하겠다는 듯 밝게 웃었다.

어느새 눈이 그친 하늘 위로 무지개가 떴다. 그 사실을 아는지 모르는지 아영과 건우가 마주 잡은 손을 크게 휘두르며 무지개 건너편으로 걸어갔다.

"나 건우 오빠랑 같이 있다가 노래 자주 불러서 엄청 잘 부르게 되는 거 아냐?"

"그것도 좋지만. 그래도 난 서툰 너의 노래가 훨씬 더 좋아."

아영의 손에 들린, 해바라기를 닮은 노란 루드베키아가 두 사람 걸음에 맞추어 살포시 흔들렸다.

후원자 명단

후원해 주셔서
진심으로 감사합니다.

* 명단은 가나다순입니다. *

★고라해 ★권광웅 ★권예지 ★글방지기완두 ★금화윌

★김가은 ★김관태 ★김나연 ★김두윌(후유츠키) ★김민

★김산 ★김서윤 ★김유미 ★김태정 ★김현 ★김희성

★동이 ★두더지 ★몽이다 ★미르 ★박지원 ★박용복

★박용호 ★빛의구원자 ★숨이툭 ★스즈키 카오루 ★야즈묘

★여울 ★연우&연지 ★오준혁 ★우소연 ★유주애

★유지성 ★윤성수 ★윤지훈 ★윤태영 ★윤태인(피디04)

★이강희 ★이도이 ★이미선 ★이성운 ★이슬비

★이예나래 ★이지태 ★이진영 ★임현정

★작가님 팬 Vivian ★전송이 ★조현수 ★주박하 ★지안

★차영지 ★참새바다 ★최대식 ★최현준 ★핑구

★하리보 ★한강현 ★한나 ★한소희 ★홍민해

★화요일의키하 ★후니야 ★816815 ★bogang

★Crix ★EB ★eirin ★kul_PeAcE ★loueun

★Makias ★MiL ★Robot ★sulha

후기

postscript

안녕하세요. '늘리혜'란 세계관과 장르가 생기기를 꿈꾸는 글쟁이 늘리혜입니다. 『나의 세계는』을 읽어주신 모든 독자님들께 진심으로 감사드립니다. 이 이야기가 한 권의 책이 되어 세상에 나올 수 있도록 도와주신 모든 분께도 감사를 드립니다.

이전 작품인 『일곱 색깔 나라와 꿈』을 출간하고 많은 것들이 변했습니다. 펀딩을 하고 처음으로 서평단을 운영하면서 많은 독자님들과 만났습니다. 생소한 세계관을 받아들일 수 있을까, 혹평만 난무하는 것이 아닐까, 두려움이 많았으나 다행히 많은 분이 재밌게 읽어주셨습니다. 참신한 세계관에 매력을 느끼시고 플로로와 수노를 진심으로 아끼시는 모습에 가슴이 벅찼습니다.

작년 가을에 독자님이셨던 한 귀인의 도움으로 방구석에서 벗어나 처음으로 세상과 마주하였습니다. 이후 기회가 닿는 대로 북페어를 다니며 독자님들과 직접 만나 소통하고 있습니다. 또 언젠가 기회가 된다면 북페어에 참여하고 있는 저를 만나러 와주시면 감사하겠습니다.

많은 작가님과도 만났습니다. 그중에는 지금도 꾸준히 소통하고 교류하는 분들도 계십니다. 글을 쓰기 시작하면서 처음으로 소속감을 느꼈습니다. 언제나 세상 한가운데 혼자 덩그러니 놓여있는 느낌이었는데 이제는 옆에 동료가 있다는 생각에 든든합니다.

스스로 작가라 부르기가 부끄러워 '글쟁이'라고 불리길 원한 것도 사실입니다. 저는 등단 작가도 아니고 공모전에 입상한 적도 없으니까요. 방구석을 벗어나 세상으로 나온 지금, 많은 작가님들과도 교류하며 지내는 지금, 마침내 진정한 '작가'가 된 것 같아 참 기쁘고 즐겁습니다.

서론이 길었습니다. 『나의 세계는』 이야기로 신속히 넘어가도록 하겠습니다.

처음 /일곱 색깔 나라와 꿈/ 프로젝트를 시작하며 첫번째 장편소설인 『오렌지칵테일』 시리즈를 출간한 지가 오래되지 않은 것 같은데 벌써 네번째 장편소설이 출간되었습니다.

/일곱 색깔 나라와 꿈/ 프로젝트는 빨주노파보흰검 무지개색 순서로 진행되고 있습니다. 빨간색에 해당하는 『오렌지칵테일』 시리즈, 주홍색에 해당하는 『하늘에게』, 노란색에 해당하는 『일곱 색깔 나라와 꿈』. 그리고 네번째인 『나의 세계는』 은 파란색에 해당하는 이야기입니다. 표지부터 푸른색이죠.

원래는 파란색 이야기로 다른 이야기를 구성하려고 하였습니다. 『나의 세계는』이 네번째 프로젝트이자 파란색 이야기가 된 건 세

명의 주인공이 세계관에서 주요한 인물 세 명과 딱 맞아떨어졌기 때문입니다. 세계관을 먼저 만들어 두고 이야기와 인물을 만든 것처럼 말이죠.

아시는 분들도 계시겠지만 이 소설도 최초 버전이 존재합니다. 최초 버전 『나의 세계는』은 아직 /일곱 색깔 나라와 꿈/ 프로젝트를 진행하기 이전 웹소설로 먼저 출간되었습니다. 그 당시에는 강아지 같은 남자아이와 고양이 같은 남자아이에게 같은 날 고백 받은 주인공이 평행세계를 경험하며 진정한 사랑을 깨닫는 이야기였습니다.

이후 /일곱 색깔 나라와 꿈/ 세계관이 완성되고 세계관에 포함되면서 세 명의 주인공이 세계관에서 주요한 인물로 바뀌었습니다. 평행세계는 가능성의 세계로 수정되었습니다. 고쳐야 할 부분은 제법 많았지만 조금도 어렵거나 힘들지 않았습니다. 앞서도 말했듯 원래 그 인물이었던 것처럼 매우 자연스러웠습니다.

가장 많이 수정된 인물은 지담입니다. 기존에는 지담이도 평범한 인물이었으나 일나꿈 세계관 속 주요 인물로 바뀌면서 특별한 능력을 지닌 인물로 바뀌었습니다. 그래서 누구를 선택해야 할지 몰라 혼란스러운 가운데 갑자기 평행세계로 오게 되면서 벌어지는 이전 이야기에서 지담이 직접 또 다른 가능성의 세계로 아영이를 보내면서 이야기가 시작되는 것으로 변경되었습니다.

『일곱 색깔 나라와 꿈』을 읽으신 한 독자님께서 다음 이야기는 노랑나라에 대한 이야기일 것 같다고 말씀하신 적이 있습니다. 그 이야기에 노코멘트를 하였습니다. 담담한 척했지만 깜짝 놀랐습니다. 노랑나라의 이야기는 아니지만 핵심을 찔렀으니까요.

눈치채셨는지요. 진즉에 눈치채고 계셨을지도 모르겠습니다. 맞습니다. 『나의 세계는』은 플로로의 이야기입니다. 건우와 지담이도 모두 『일곱 색깔 나라와 꿈』에서 등장하였습니다. 물론 이름과 모습은 다른 채로 말이죠.

『나의 세계는』은 일종의 팬서비스라고 생각하고 만든 이야기입니다. 어쩌면 플로로가 '최애'인 저 자신을 위한 이야기인지도 모릅니다. 이전 『일곱 색깔 나라와 꿈』의 결말이 완벽한 해피엔딩이 아니어서 아쉬웠던 독자님들께서 만족하실 수 있도록 노력하였습니다. 『하늘에게』를 읽으신 분들께서도 즐겁고 반가운 마음이 드시길 바라며 써 내려갔습니다. 그래서 그런지 아영이의 이야기를 쓰는 내내 무척 즐겁고 행복했습니다.

모두 따로 떨어져 있는 것 같던 이전 이야기가 드디어 하나로 이어졌습니다. 제 이야기를 모두 읽으신 분들이라면 의아해하실 수 있습니다. 첫번째 이야기인 『오렌지칵테일』은 여전히 따로 떨어진 이야기처럼 느껴질 수 있습니다. 물론 그 이야기와도 이어져 있습니다. 이야기 속에 단서를 숨겨두었습니다.

『나의 세계는』 출간으로 1부가 막을 내렸습니다. 전체 프로젝트를 구성할 때 1부는 플로로의 이야기로 생각해 두었습니다. 앞으로 플로로가 등장하지 않는 것은 아니지만, 플로로의 주된 이야기는 이것으로 완성되었습니다. 제 최애인 플로로가 행복하기를, 아영이와 플로로의 사랑이 독자님들께 작은 감동과 위로가 될 수 있기를, 진심으로 바랍니다.

　어느덧 /일곱 색깔 나라와 꿈/ 프로젝트가 중반으로 달려가고 있습니다. 여전히 가야 할 길이 멉니다. 프로젝트를 완결 짓는 그날까지 지치지 않고 계속 달릴 수 있도록, 계속 글을 쓰고 책을 펴낼 수 있도록 힘이 되어 주세요. 독자님들의 작은 관심이 제게 큰 힘이 됩니다.

　2부의 시작을 알리는 다음 이야기는 이제까지와 다른 형태의 글이 될 것 같습니다. 이 또한 저의 장르라고 생각하며 즐겨주시면 좋겠습니다. 다음 이야기도 기대해 주세요. 아직 풀리지 않은 떡밥들도 있습니다. 앞으로 /일곱 색깔 나라와 꿈/ 프로젝트가 진행되며 풀어질 떡밥도 기대해 주세요.

　자세한 소식은 늘리혜 인스타그램에서 확인하실 수 있습니다. 늘리혜 프리미엄 콘텐츠 [나는 늘리혜]에서 저의 깊고 짙은 이야기와 /일곱 색깔 나라와 꿈/ 프로젝트와 관련된 이야기를 보실 수 있습니다. 앞날개에 있는 큐알코드를 스캔해 주세요.

　늘 좋은 꿈 꾸세요. 고맙습니다:)

소나기가 내린 후 하늘이 눈부시게 화창한
2025년 여름의 어느 날

늘리혜

/일곱 색깔 나라와 꿈/ 세계관
첫번째 장편소설
『오렌지칵테일』

사랑을 믿을 수 없는 소녀 예지

사랑을 피해 도망간 곳에서도
자꾸만 사랑이 부딪혀 온다!

애써 외면하고 도망쳐 보지만
사랑은 예지를 가만 두지 않는데

과연 예지는 어떤 결말을 맺게 될까?

하이틴순정로맨스를 빙자한 성장소설
성장소설을 빙자한 하이틴순정로맨스

이야기의 시작을 알리는 노래 시작!

/일곱 색깔 나라와 꿈/ 세계관
두번째 장편소설
『하늘에게』

고3 끝자락 평소와 다름없는 하굣길에서 제운은
두 팔 벌려 간절히 하늘을 품고 있는 하늘을 발견한다.
평소 다른 여자아이들에게 무심한 그였지만
그날 이후 자꾸만 하늘이 신경 쓰인다.
그러던 중 누구와도 불가능하던
소중한 비밀을 공유하게 되는데!

"늘 지금처럼 웃어 줄래?"

"사라지지 않을 사랑이면 좋을 텐데."

노을 진 하늘처럼 한없이 다정하고
정오의 하늘처럼 찬란하게 천진하고
새벽의 하늘처럼 서글프게 눈부신 이야기!

*실제 독자님 리뷰

시작부터 끝까지 예쁜 문장을 고르자면
끝이 없을 정도로 예쁘고 섬세했다.

읽는 동안 꿈을 꾼 듯한 착각이 들었다.

기욤 뮈소가 생각이 났다.

책장을 덮으며 한없이 하늘을 바라보았다.

/일곱 색깔 나라와 꿈/ 세계관
세번째 장편소설
『일곱 색깔 나라와 꿈』

잊은 자와 잊힌 자를 위한 꿈
마침내 밝혀지는 잔혹하고 아름다운 진실

피로 모든 것이 설명 가능한 나라, 피의 빨강나라
어느 날 수노는 정체를 알 수 없는 '그것'의 공격을 받고 쓰러진다.
꿈속에서 눈을 뜬 수노는 커다란 해바라기밭에 있는
희망의 노랑나라 사람 플로로와 만난다.
그 후 꿈에서 깨어나는데 과거로 되돌아가 있다!
동시에 잊고 있던, 잊으면 안 되었던
과거의 기억이 점차 되살아나기 시작하고
수노는 마침내 숨겨져 있던
잔혹하고 아름다운 진실에 도달하게 되는데!

당신의 플로로는 누구인가요?

이토록 아름다운 잔혹동화는 없었다!

화제의책

늘리혜 감성 시소설집
『잊힐 리 없는 당신의 이야기』

노래(씨앗곡)에서 떠오르는 감성으로
매주 한 편 씩 시소설을 쓰고 있습니다.
늘리혜의 감성이 가장 짙은 120편의 시소설을
엄선하여 책에 담았습니다.

감성적이고 몽환적인
분위기와 이야기를 좋아하시나요.
또 다른 형태의 글을 찾고 계신가요.

**이야기가 있는 시,
늘리혜의 시소설을 추천드립니다!**

* 작품 끝에 소개한 씨앗곡을
들으며 작품을 읽으면
더욱 좋은 감상을
하실 수 있습니다.

▼ 씨앗곡 플레이리스트에서
좋아하는 곡을 찾아보세요! ▼

나의 세계는

초판 1쇄 발행 2025년 10월 24일
　　2쇄 발행 2025년 10월 31일

지은이 늘리혜
표지 일러스트 클로이
디자인 늘리혜
펴낸이 늘리혜
펴낸곳 늘꿈
출판등록 2019년 8월 1일 제 2019-000025 호

정가 17,000원

ⓒ 늘리혜 2025
ISBN 979-11-91700-15-2 (03810)

* 본 도서는 인천광역시와 (재)인천문화재단의 후원을 받아 '2025 예술창작생애지원' 사업에 선정되어 발간되었습니다.